专注的劳动者
都是发光体

周华诚 著

安静 Echo 绘

广西师范大学出版社
·桂林·

图书在版编目(CIP)数据

专注的劳动者都是发光体／周华诚著；安静 Echo 绘．—
桂林：广西师范大学出版社，2024.6（2024.7 重印）
（中国故事）
ISBN 978-7-5598-6939-5

Ⅰ．①专⋯ Ⅱ．①周⋯ ②安⋯ Ⅲ．①散文集-中国-
当代 Ⅳ．①I267

中国国家版本馆 CIP 数据核字（2024）第 093506 号

专注的劳动者都是发光体
ZHUANZHU DE LAODONGZHE DOU SHI FAGUANGTI

出 品 人：刘广汉
策划编辑：杨仪宁
责任编辑：杨仪宁　孙羽翎
装帧设计：DarkSlayer

广西师范大学出版社出版发行
（广西桂林市五里店路9号　　邮政编码：541004）
（网址：http://www.bbtpress.com）
出版人：黄轩庄
全国新华书店经销
销售热线：021-65200318　021-31260822-898
山东临沂新华印刷物流集团有限责任公司印刷
（临沂高新技术产业开发区新华路1号　邮政编码：276017）
开本：720 mm×960 mm　　1/16
印张：16.25　　　　　　 字数：106 千
2024 年 6 月第 1 版　　2024 年 7 月第 2 次印刷
定价：48.00 元

如发现印装质量问题，影响阅读，请与出版社发行部门联系调换。

题 记

人这一辈子,能投入地去做一件事,是非常快乐的

每一个行业,每一个工种,都有它最值得骄傲的荣光

每一位专注做事的劳动者,都是发光体

目 录

001　与一株水稻对视

019　山中月令

036　五个快递

049　七百万个兄弟

059　出海岛记

069　父子工匠

089　一桥一生

112　沙海来信

140　寻纸记

158　家在白云间

170　在稻田听见鸟鸣

177　酱园机密

191　雕刻时光

206　朱砂之色

220　武夷四时

241　声音魔术师

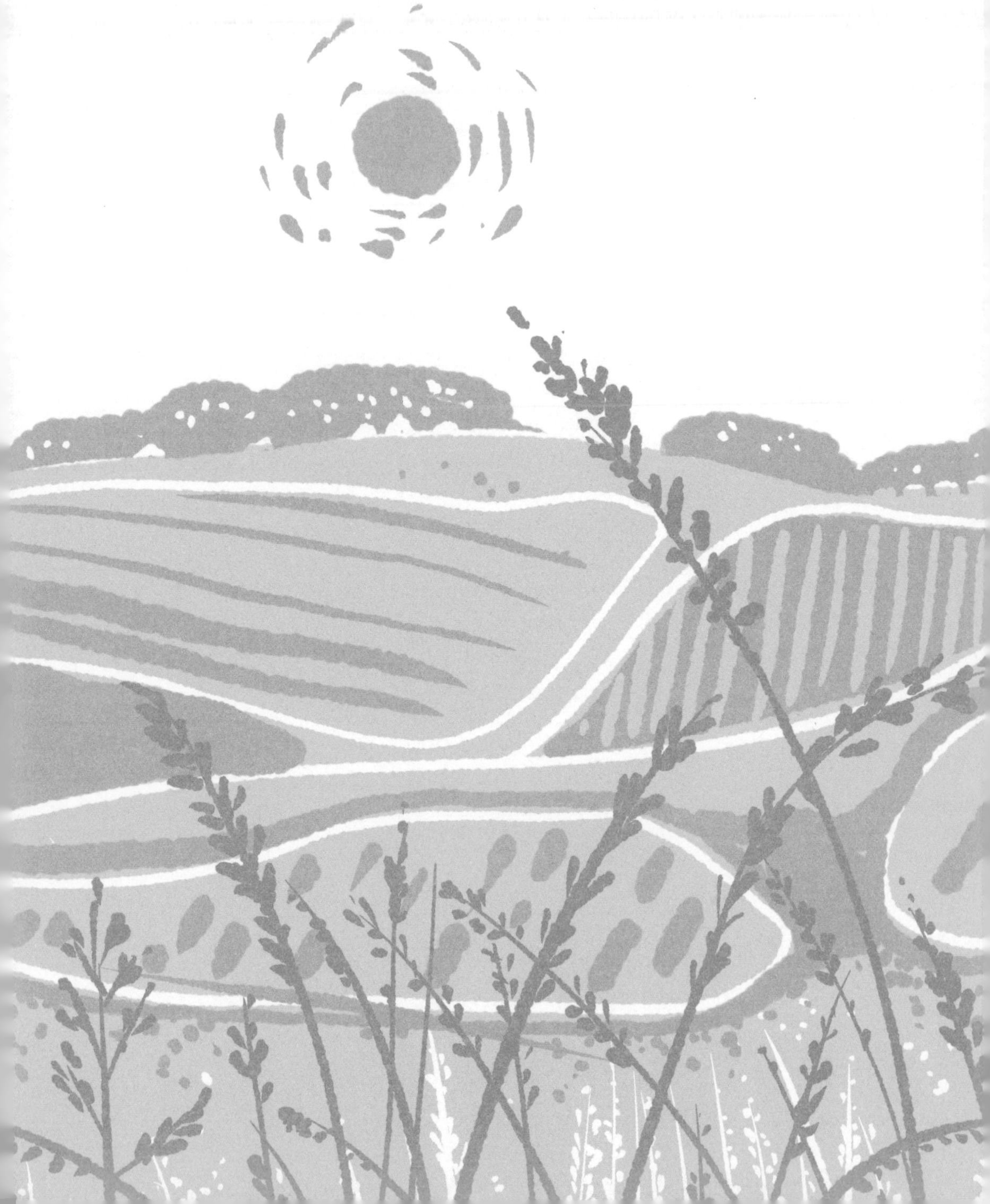

与一株水稻对视

在田里的时候,沈博士做得最多的事,就是与水稻对视,与一株一株的水稻对视。

早上去看,中午去看,傍晚去看。每天去看。他的田也种得很奇怪,每一种水稻种三行,每行种六棵。那片田里有着五千种材料。这个数字不是大略的形容,也没有一丝丝的修辞,事实上,他的这片田里至少有五千种,加上杭州基地,就有上万种材料。

——他把那些水稻叫作材料:成品出来前,所有的这些只是试验田里的材料。

大早，沈希宏博士又到田里去了。这时候田里遍地清露，晨曦正把金色的光线斜抹在草叶尖上，四周一派宁静。

南国。海南陵水。沈博士三十亩的水稻田就在几棵高大的椰子树和两丛婆娑的香蕉树旁边。这里冬、春两季的平均气温要比杭州高十几摄氏度，适宜水稻生长。

春节，沈博士只在家里待了几天，初八就启程来海南了。几乎年年如此。沈博士是中国水稻研究所的育种专家。在他的试验田里，常年种着几千到一万个品种的水稻。每年从春到秋，他把它们种下，让它们生长，使它们杂交，观察它们，研究它们，从中挑出觉得有用的那一株，然后等到第二年春天在海南继续种下，让它们生长，使它们杂交，观察它们，研究它们……周而复始，秋冬春夏。

有时要过二十年三十年，才能培育出一个新品种。

为了加快进度，水稻专家像候鸟一样往南飞。海南岛上有最具影响力的农业科技试验区，仅陵水一县，就

有全国上百家科研机构驻扎，有着各自的繁育基地。他们把那儿叫作"南繁"。你们唤它"春暖花开"，他们叫作"南繁加快"。南繁堪称中国种业的"硅谷"。

三业、陵水一带，是海南岛的最南端，那里是一片热土。从 20 世纪 50 年代以来，一直有一批南繁人在那里埋首忙碌。"杂交水稻之父"袁隆平、"甜瓜院士"吴明珠、"玉米大王"李登海、棉花育种专家郭三堆……这些在新中国农业发展史上鼎鼎大名的人物，大多是从南繁走出来，并在南繁基地培育出一个又一个优秀的农作物新品种。

可以说，南繁为解决中国人的吃饭穿衣问题做出了不可磨灭的贡献。

好了，这样你就知道了：沈博士不过是成千上万中国南繁科学家大军中的一员。沈博士到南繁，不过是他的日常工作之一。沈博士的家在杭州，但他每年在南繁的基地要待上两个月。二十年来，年年如此。

沈博士在杭州有试验田，在海南有试验田，在印度尼西亚也有试验田，因为热带地区冬天也可以种植水稻，一年当中，就可以多种几季。对于育种专家来说，好像这就是一个游戏，一个与时间赛跑的游戏。其实想想，也很残酷——就好像你生了一个孩子，你盼着她快点长大，可是她越快长大，你就越快老去。

在田里的时候，沈博士做得最多的事，就是与水稻对视，与一株一株的水稻对视。

说"对视"，是有原因的。那不是单方面的注视，而是相互的过程。沈博士说："我在田里看水稻时，水稻也在看我。水稻会想，'我要不要把秘密告诉这个人'。"

这是沈博士的原话。一般人或许很难理解沈博士的感性，以及对于那片田的牵肠挂肚。早上去看，中午去看，傍晚去看。每天去看。他的田也种得很奇怪，每一种水稻种三行，每行种六棵。那片田里有着五千种材料。这个数字不是大略的形容，也没有一丝丝的修辞，事实上，他的这片田里至少有五千种，加上杭州基地，就有上万种材料。

——他把那些水稻叫作材料：成品出来前，所有的这些只是试验田里的材料。

远远望去，田里的水稻长得乱七八糟，古怪离奇，颇有着武林大会怪侠云集的盛况。它们很任性，有的低矮，如埂上野草；有的荒唐，只结几粒谷子；有的疯狂，叶子像茅秆一样长。但，这是正常的，每一个"怪侠"在沈博士的眼里都可能是极好的宝贝。

这从他注视它们的目光里可以看出来。

他是怎么与水稻对视的——他走过去，站在那三行水稻中间，就那么专注地看着它们。有的时候十分钟，有的时候半小时。目不转睛。若有所思。时不时地，他还俯下身子，手抚稻叶，或摘下几粒稻花放到鼻边，猛虎细嗅蔷薇。

太阳出来了。汗水很快就浸湿了衣衫。

水稻抽穗开花的这段时间，对于育种专家来说最为珍贵。这是水稻发生爱情的时节。对于水稻来说，这是一生中的大事。任何植物，繁衍后代都是它们生来的使命。它们拼尽全力，努力绽放，把生命中最精华的部分展示出来，传花授粉。

这个过程会在短短的十来天里完成。这是水稻一生当中最灿烂的时刻，最关键的事件：一种水稻的好与坏，它的喜怒哀乐，它的小性子与坏脾气，都会在这些天里得到最集中的释放。

沈博士一刻都不敢懈怠。

太阳最强的中午，他都在田里。稻花会在中午十一点到下午两点之间集中开放。气温三十六七摄氏度，阳光打在裸露的皮肤上有灼痛感。但沈博士似乎毫不在意。他的面孔就是这样晒得黧黑的。在这样的太阳底下，他对着那些水稻，满怀期待。

表面上他表情平淡，沉默不语（身上背着军绿色书包，手上拿着硬塑封面的本子——上面写着"试验研究记载本"），间或在那本子上记录下一些什么。

但也许，他的内心正卷起风暴与波澜。

是的，许多美妙的想法都是沈博士在田间迸发出来的，很多有趣的细节，会在沈博士的眼中呈现。

我问他，到底在那里发现了什么。

他笑了。此刻，他手上握着一支青色的穗子，穗子上的稻花正在次第开放。

我必须提前告诉你，每一个青色的水稻颖壳里，都包裹着一朵水稻的花。每一朵水稻的花，会结出一粒稻谷。水稻是自花授粉的植物，一朵花中既有雄蕊，也就是花粉；也有柱头，那是它的雌性器官之一。

水稻颖壳张开，也就是水稻开花的时候。我不知道你注意过没有——当整片稻田里的稻花开放的时候，风吹过，花粉会飞扬起来，那是如一阵青烟一样的东西。如果不细看，你甚至都察觉不到这一切。那青烟是如此薄，如此轻快，轻快得简直就像我们自己的青春。它们彼此寻觅，就像我们寻觅彼此。

水稻的柱头小小的，甚至不到0.5毫米。水稻颖壳张开，花朵开放，那小小的柱头伸到了颖壳外面，以便有机会承接更多的花粉。

柱头外露——这微乎其微的变化，居然就是沈博士努力多年的成果。因为柱头外露，就可以接触更多的花粉，大大增加授粉成功的概率。育种优势很明显——今天开花，即便没有得到花粉，但这个柱头还留在外面，它的活力可以保持两三天。如果两三天内还可以得到花粉，它依然可以结实——这对于所有植物来说都性命攸关，对于杂交水稻，更是如此。

水稻的祖先是野生稻，为了在漫长的历史中存活下来，它们练就了强大的生命力，尤其是强大的生殖能力。沈博士观察过大量的野生稻，发现它们在开花的时候，几乎都是柱头外露的。但是水稻经过人类长久的驯化，这一特性有所减弱。沈博士非常注意柱头外露这个性状，用了很多时间，选出那些柱头外露的优良稻株，把它们繁衍下来。柱头外露是由水稻的基因控制的。但是，这不像黑与白那么二元对立，那么简单，而是有着一整套复杂的控制系统。慢慢地，沈博士从成千上万种材料中寻找出最合适的，把它们配到一起，组合出优良的搭配，让柱头外露的特性不断强化。

沈博士是从籼（xiān）稻[1]里，用笨笨的办法——

---

[1] 籼稻：栽培稻的一个亚种。最先由野生稻驯化形成的栽培稻。与粳（转下页）

不断回交[1]，把柱头外露的性状转移到了粳（jīng）稻[2]里。

沈博士常做的一件事是：让籼稻与粳稻杂交，从而吸取双方的优势特性。

但是籼稻与粳稻杂交，本来就存在着天然的困难。籼稻、粳稻之间的杂交，有一道鸿沟，叫作"生殖隔离"。就好像是两个物种之间，即便让它们"结婚"，也"生"不出结晶来。最近几年，籼稻、粳稻之间的杂交终于得到突破。这是无数中国育种专家都在埋头做的事，提高稻米产量，改良稻米品质——只是，哪怕小小的柱头外露，都值得花上十年二十年的时间去研究，去攻克难题。

（接上页）稻相比谷粒细长；比较耐热和耐强光，耐寒性弱。中国主要分布在淮河、秦岭以南地区和云贵高原的低海拔地区。

1　回交：作物育种中将杂种一代再与亲本之一继续杂交，以育成新品种或新类型的方法。以同一亲本连续回交六次以上者称"完全回交"，否则称"不完全回交"。

2　粳稻：栽培稻的一个亚种。由籼稻在高、中纬度地区，或低纬度地区高山地带的温和气候下长期驯化演变而成。与籼稻相比粒形较短圆；不耐高温，较耐寒，耐弱光。中国主要分布于淮河以北、太湖流域、云贵高原与华南的高海拔温和地带。

好了，长话短说——现在，沈博士在自己的田里，高兴地看到手中的稻穗开花了，它们无一例外柱头外露，显示出强大的生命力。

沈博士站在田间，在阳光下，一边与水稻对视，一边对助手说："把这株水稻的花粉抖到那一株水稻里面。"

这叫作"抖花粉"。沈博士他们先培育出"不育系"，就是让水稻自己不结实，然后在它开花的时候，把一枚枚颖壳剪开，再用别的"父本"花粉抖进它的花朵中。有时候，"两系不育系"在合适的低温气候条件下也会结实，但在另一种高温气候条件下不会结实。那就需要人工处理——比如，用45℃的温水浸泡稻穗，浸5分钟，使稻花在温水中开放，而自身的花粉失活，再把它的颖壳剪开，把别的"父本"花粉抖进它的花朵中。

每一个材料，都可能存在一个"绝配"。杂交水稻育种，就是为了发现那一对对"绝配"。

沈博士是一个感性的人。他看水稻，是把它当作人来看的，他觉得水稻也有"帅哥"或"美女"。他对水

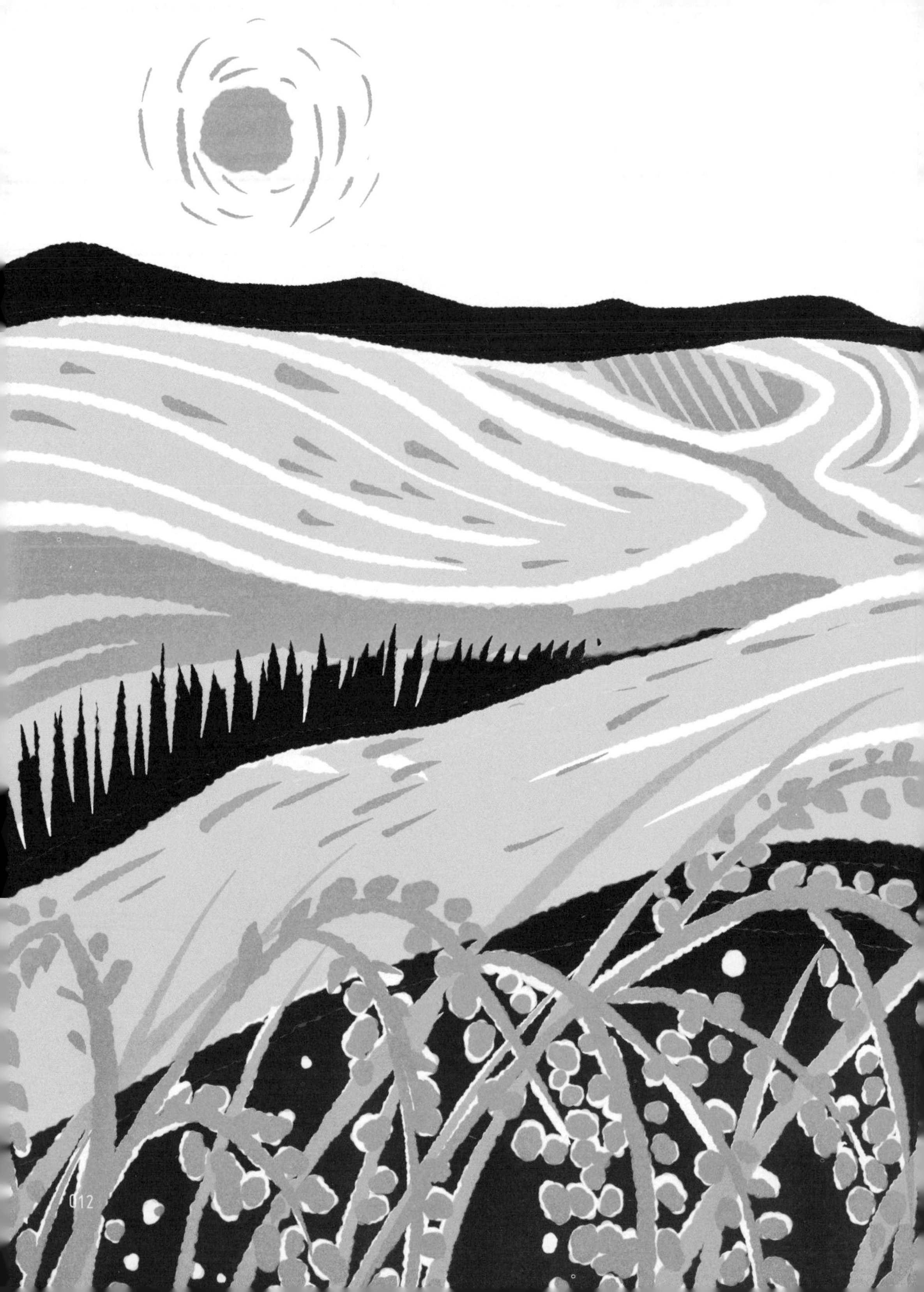

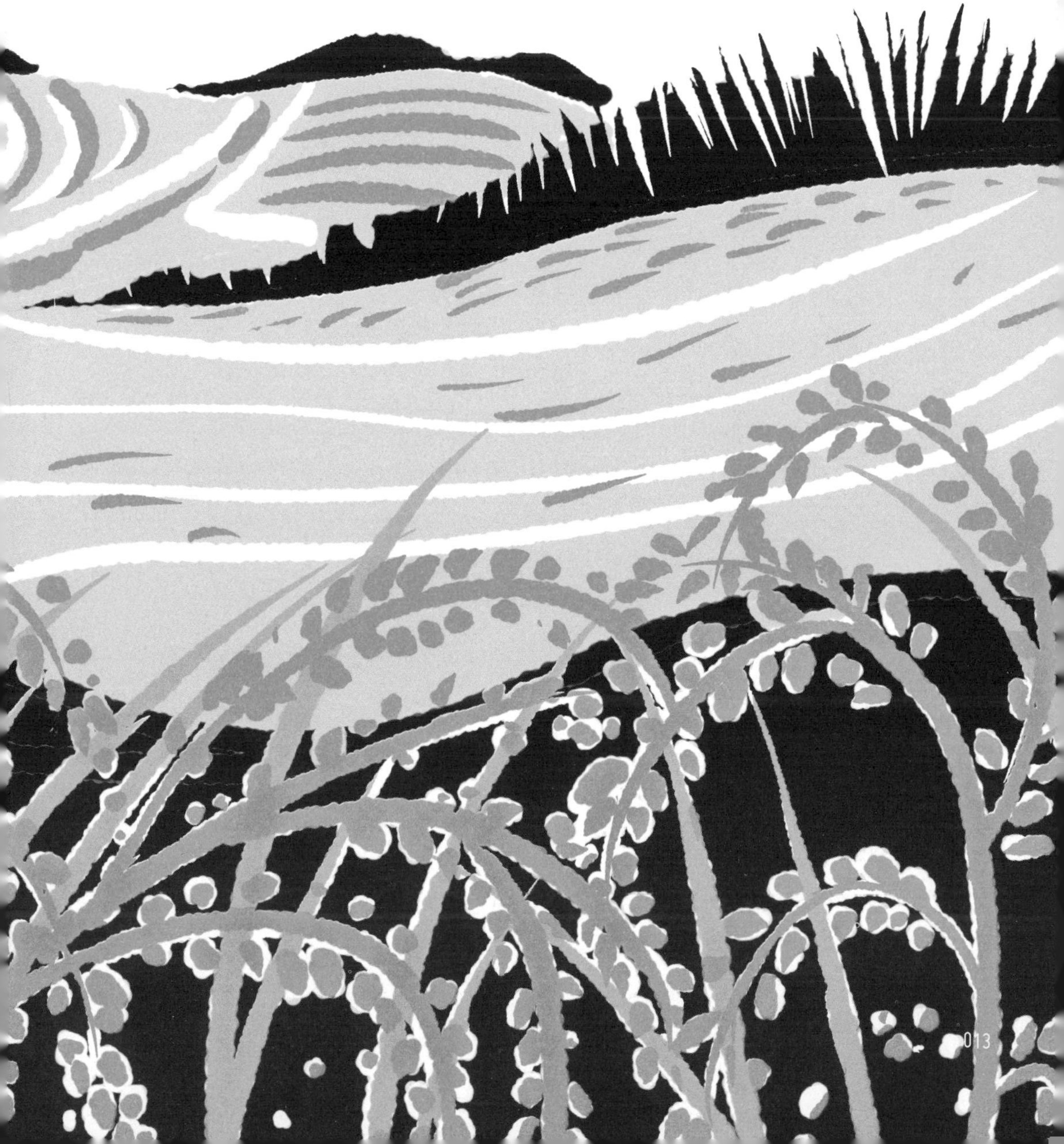

稻的研究，是为了培育更好看也更好吃的大米。

沈博士想要培育出一种叫作"长粳"的品种。原来的粳米，都是短肥圆，只有南方的籼米是长粒形。沈博士觉得长粳漂亮，而短肥圆不好看。"好看""漂亮"，这从一个科学家的口中说出来，还是让我觉得有点意外。

然后，他又说：米的品质要好。

籼米不如粳米好吃，这是多数人的看法。所以，沈博士要培育长粒形的粳稻，并且在南方推广种植。"颖壳那么纤长，水稻从灌浆开始，它就可以灌得很舒服。"

经过十多年的科研积累，沈博士田里所有的材料，都慢慢地带上了他自己的特征：清一色都是长粳系列。比如，长粳的香米、长粳的软米、长粳的黑米、长粳的香糯……还有很多很多，暂时都没有名字，有的只是一个一个的代号。

有时，一个突然降临的有趣想法会使他激动起来；有时，只是因为观察到田间的水稻突然出现新的意外，就让他思绪飞奔。越来越多的想法，带上了他对稻米的期许。从基础材料做起,沈博士构建了一个自己的小田园,一个自己的水稻世界。

在中国水稻研究所,每一位科学家都有自己的一个小世界。有的人研究了三十年的抗旱水稻,有的人研究了一辈子的病虫害,有的人一门心思研究稻田里的杂草,有的人孜孜不倦于野生稻,还有的人专注于水稻的基因——水稻有四五万个基因,随便哪一个基因都可以让人埋头苦干几十年。

水稻专家似乎都是如此——他们埋头走向田野,一低头,一起身,腰就弯了,头发就白了。

沈博士对他一位姓张的导师印象极为深刻。张先生是国内著名的水稻育种专家。张先生年纪长了,每天最爱做的事,依然是站在稻田里,看水稻。站定了,面对一株水稻,两个小时甚至更久,他都不挪步。

那个腿脚有些不便的老先生,一直站在稻株旁边。有时候,他边看,边绕着水稻讲故事。他带着浓重口音的普通话,让助手和学生们听得耳朵起茧,连打哈欠。

但老先生乐此不疲，继续讲着那些遥远的故事，只是，他的目光须臾不离水稻。

从前，沈博士站在张老先生身边心情浮躁。不知不觉间，几十年过去，他也成了与水稻对视的人。

几千上万种材料，全部看上一遍都要十几天。重点关注的，还要看上两遍三遍。因为你不知道哪株水稻会发生变化。之前它们给你惊喜，突然某天，它们又让你惊讶；或者某几株水稻之前资历平平，其貌不扬，但是某天它们让你眼前一亮……这都是有可能发生的，你不能错过这些重要的瞬间。你必须综合起来看水稻的一生，从而稍显公正地对它们作出评价。

在杭州，夏初多梅雨。既下雨，又闷热，沈博士穿着雨衣，依然会出现在稻田中，浑身被雨水和汗水湿透。有一次，他在田中看水稻，站得久了，胶鞋深陷泥中，拔都拔不出来。他索性把脚从鞋中拔出来，继续看别的材料去了。

后来，是别人把那双孤独的胶鞋从泥中挖了出来。

猛烈的太阳底下，我们饿得肚子"咕咕"叫，沈希宏博士仍然站在田间，不舍得离开。

我知道，沈博士他们，这些田野上的科学家，比真正的农民待在田里的时间要多得多。

这是一个"快"的时代，有各种机会可以一夜走红或一战成名。创造这些神话的人，被人们广为知晓，被人们津津乐道，但还有许许多多像沈博士这样的人。他们注定像水稻一样默默无闻，为这个时代和这个世界做出巨大的贡献（哪怕有的人直到退休，也没有达到过任何的"辉煌"）。

但他们，是英雄。（英雄不会一夜走红，只会因长久的风吹日晒而让脸色慢慢变黑。）

当我们吃着一碗米饭时，会不会生出敬畏之心？对我们的大自然产生爱惜之情？是不是，也有一点点感恩？

因为，从一株水稻，到一粒大米——我们是否曾想过，有很多人，用一生的时间，与它默默对视。

相看两不厌，只因有热爱。

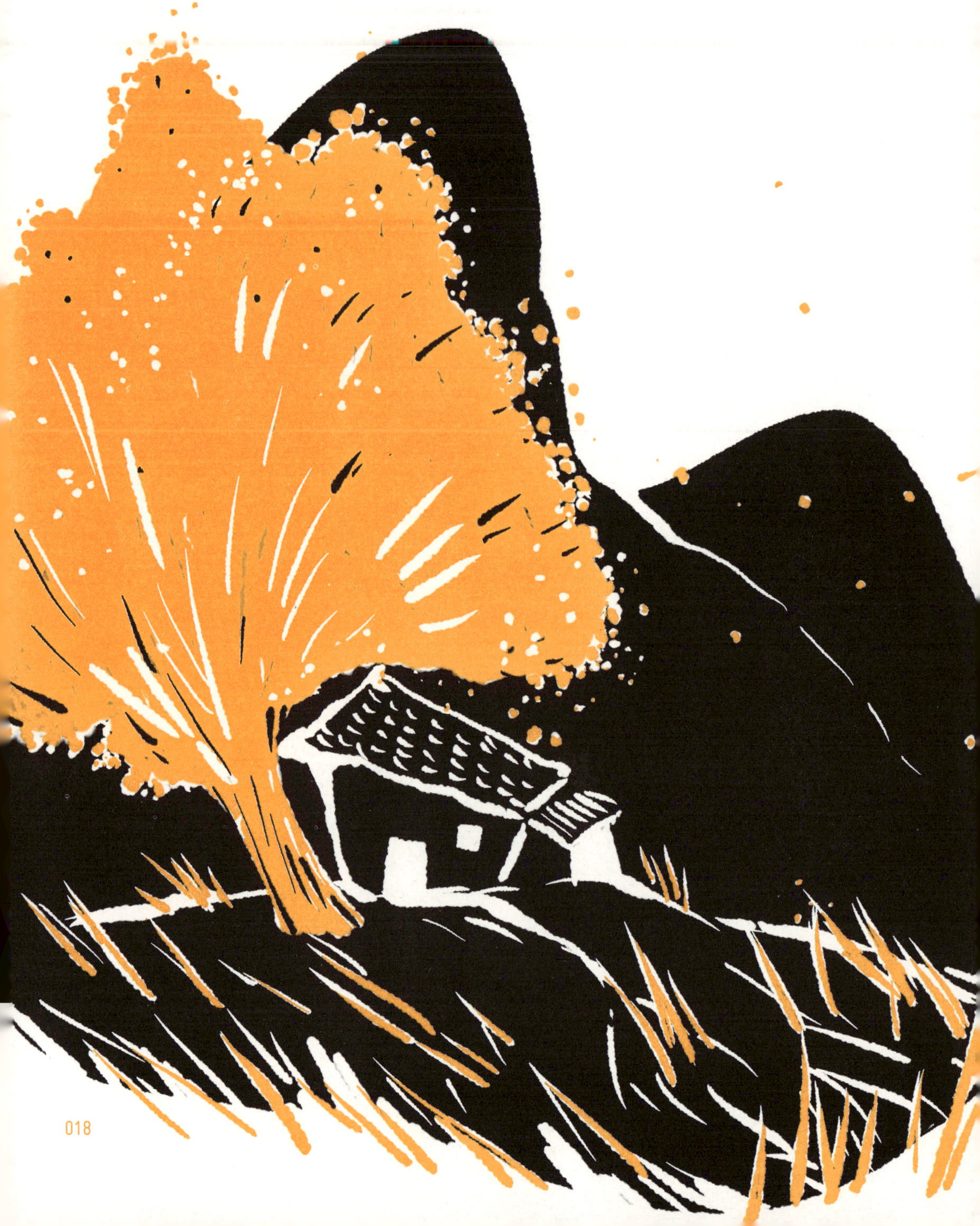

山中月令

种猕猴桃真是复杂的事情。你都不敢相信有这么复杂和烦琐。一年到头，磨人啊。

老林说，十年前，他只想着种猕猴桃可以种出一个自己的王国来，来到这片大山，这条深山峡谷，一头钻进来。他猜到了开头，没有猜到结果。

结果是什么？

结果是，十年后，他把自己种在了山里，成了人们口中的"桃仙人"。

一月落雪。山中寂寂。

雪花压竹林，一片一片。一夜爆裂声，毛竹压坏不少。

雪花也有重量。雪花压在猕猴桃枝上，须除雪，不能听凭它压坏枝条。

这山中有小气候，气温不会太低，最低不过零下四五摄氏度。猕猴桃树能耐大寒，现在出不了大问题。

山中清冷，三只鹰在高空盘旋，它们已是老朋友了。

除雪工作做完，离春节就近了，老林准备出山过年。

在山中十年，人都以为老林在山中"修道"。十年前，老林到这人迹罕至的山中种猕猴桃，如世外隐居，也如人间修行。

老林大名林建勇，今年五十四岁。其人面貌敦厚，言语迟缓。一身青灰布衣，两脚黄泥裹裤。

他扛锄头，拿柴刀，在丛林巨石之间钻进钻出，敲积雪，听山音。

三只鹰从高空见了他，恐怕也会认为他是"桃仙人"。

二月雪化。晨起，又钻进猕猴桃园看树。

每隔三天巡园一遍。全园有猕猴桃树一万六千棵，他要把每株树都看一遍。

主要看病虫害，他随身携带医用酒精、棉球、镊子、柴刀。若见枝上有病斑，就用棉球蘸酒精处理。清除病菌，处理伤疤。

病菌弱小时好处理，防微杜渐。病菌大了，悔之晚矣。

他吃过亏。投下去一千多万元，造了一个猕猴桃果园，两万棵苗。三年后，快有好收成了，结果因为杀菌不到家，起了溃疡病，竟遭毁园之灾。整个果园，猕猴桃树无一幸免。

他欲哭无泪。原来雄心勃勃，没想到如此艰辛。

怎么坚持下来的，他都淡忘了。

只记得是，在哪里跌倒，就要在哪里爬起来。

他把猕猴桃树全部砍完，等它们一点一点重新生长成林。

他现在走在猕猴桃园里，可以跟树交流了。要个要剪枝，枝条会不会累，缺不缺什么营养，他一望便知。

三月春风吹拂山间，涧水丰盈欢唱。

在园中开排水沟，给猕猴桃树施发芽肥。待母芽出来，又要疏芽。

园中春草萌发，万物生长，使人欣喜。

老林想起自己三十年前在深圳背水泥的经历。他和工友一起，八个人，一天要背六车皮的水泥。总共四百八十吨，一人一天六十吨。一袋一袋水泥，靠肩膀扛出来。

那时候挣的钱，每个月八千块，真是拿命换来的。

半个月下来，肩膀、脖子的皮肤都溃烂了。日复一日，皮肤扛不住水泥的侵蚀。

一年零四个月后，他带着攒下的钱，回到老家办了一家砖瓦厂。又过了些年，他进山种猕猴桃。

那样的苦都吃过了，还有什么扛不过去的？

冬去春来，这大山坞里，也是遍地春意。

四月，猕猴桃开花。

猕猴桃开花，前后一周，最长不过十天。

猕猴桃开花时，花很香，却无蜜，蜂子不喜欢去，这就需要人工授粉。

早上把花药提取出来，放在28℃以下的地方，过24小时花粉会自然爆出。要看好温度，如超过30℃，花粉活性会丧失。

再用机器喷粉，或是一朵朵花去传粉。

园子里，每二十棵猕猴桃树里，便有一棵是雄树。雄树雌树，老林看叶看茎，也可以一眼就分辨出来。仔细看，雌树的花朵有一个初生的小猕猴桃，也就是在花朵中间，可见子房。

花开时，靠风传播，花朵也能自然授粉。只是花粉很重，风吹不远，效果不佳。靠昆虫，效果也不佳。

猕猴桃花期短，园中有工人二三十人，都做授粉工作。这是最忙碌的时候。

因为花只等你三天。

猕猴桃的花，花瓣白色。第二天略微淡黄。第三天又黄。如果三天不授粉，第四天，花瓣就默默掉落。

花瓣白色的时候，授粉最好。

如果到第三天授粉，畸形果就多。

如果授粉成功，花瓣黄得特别快。

猕猴桃开花的时候，老林就不做任何别的事了，在一片花香弥漫之中传花授粉。

五月中，要疏果。

猕猴桃没有生理性落果现象，挂果太多，影响品质，产量也低。要及时疏果，把那些畸形果、过密果淘汰掉。看看枝条，枝条旺的，可以多挂一些果；枝条弱的，就少留一些果子。挂果，并把这些果子养大成熟，对果树

来说，也不是一件容易事。

疏果之后，就要施肥。施膨果肥。把复合肥施在地表，离开根部七八十厘米的土地上。这时的营养要跟上，一棵树给半斤肥，大株的就给一斤肥。

同时施叶面肥。一般如海藻、多糖、氨基酸，还有钙、镁等微量元素。有的可以同时施，有的适宜分开施。

做这些活，没有多年的经验，办不到。

肥料施在根部，一般要七天，树才能吸收到养分。叶面肥很要紧，能提高叶的光合作用。施了叶面肥，三天见效，第四天一看，叶子油绿绿的，阳光照下来，闪闪发亮。

这说明树很健康，精气神也旺。

有了肥料，果子也长得旺。一个月里，果子迅速生长。今天看这么大，明天看就那么大了。见风就长，肉眼可见。

六月。

山地开沟排水。园里不能积水，南方的雨水季节，要特别当心猕猴桃受涝。

猕猴桃有几个特点，喜光怕晒，喜水怕淹，喜肥怕烧。

你就说吧，猕猴桃怎么这么金贵呀，难伺候。

种什么都要了解它的性格，跟人一样，彼此了解了，喜怒哀乐，冷暖都知，相处起来就不难。

七月，继续施肥。高钾复合肥，也是为了壮果。还要补充微量元素，硼磷钾锌铁钙镁，都要打上一遍。膨果期结束之后，施高钾肥三遍，这是为了集聚糖分。

这个月，施肥的工作量很大。

施肥过程中，要给果实套袋。这个工作量也巨大。老林的办法，是选择性套袋。不是每一个果实都要套袋，树叶能遮阴，日头没有直接晒到的，就不套，以减工。

今年，老林套了五十万个袋。

明年估计要套六七十万个袋。

这事极费工夫，一个工人一天最多能套两千五百个袋。最忙的时候，园子里有二十个工人在套袋。这项工作，前后持续半个月。

猕猴桃怕日灼。晒伤之后，果子的颜值不佳。本来里面是红心的，晒过之后，心就不红了。

这期间没得休息。还有夏剪——每年夏天都要修剪一次枝条，从五月底持续到八月，有空就剪。让枝叶疏朗，利于通风、采光。如果闷头憋着，容易起病。

树跟人一样，它也喜欢阳光，喜欢新鲜空气。

干旱的年景里，还要时常浇灌，或用喷管喷淋。

草是不除的。草高的时候，人走进去，草比人还高。这样自然生态好一些，也大大减少了农药的用量。

草茂盛起来，夏天能大幅降低地表温度，也防止水土流失。虫子的食料充足，就不会上树吃果子。一般园子里有青虫、毛辣虫、金龟子，会吃青[1]。

猕猴桃的叶子掉落在地上，虫子吃完叶子，就饱了，就不会上树去吃。你把虫子养懒了，它"坐"着有饭吃，

---

[1] 吃青：原指庄稼还没有完全成熟就收下来吃，此处指虫子啃食还没成熟的果子。

就不会"站"起来，更不会爬到远处去寻吃的了。

草多之后，明显的缺点，是费肥。草也吃肥，但是好在草没有长脚，到了秋天，草枯了；到了冬天，草就烂在地里。

这是用无机换有机，肥料本身，并没有流失。

七月时，还要杀一次菌。从正月里猕猴桃树发芽开始，一共有六道杀菌，不同时期杀不同的菌。

种猕猴桃真是复杂的事情。你都不敢相信有这么复杂和烦琐。一年到头，磨人啊。

这就到了八月。夏剪、灌溉，都在继续，杀菌、施壮果肥，没有完成的，也还要做。

为了来年花芽分化，还要提前打一次芸苔素。

到了八月底、九月初，沉甸甸的猕猴桃果挂满枝条，成熟期到了。

你去闻吧，满园子的甜蜜果香。

红心猕猴桃也有两种：黄肉红心、绿肉红心。

黄肉红心甜度高，糖度超过二十。绿肉红心低两三个糖度。绿肉红心果形漂亮，长长的，好看，产量也更高，商品率好。

老林喜欢绿肉红心。

九月采果。

采果须人工采摘。工人要修剪指甲，戴上手套。采摘时，大拇指往把子上一顶，把子就留在树上，果子到了手掌心。

老林不喜欢游客来胡乱采摘。有的人粗鲁，采摘时乱扯，就会损伤果树。果树留下伤痕，免疫力下降，溃疡病就会趁虚而入。

采果要持续二十来天。

猕猴桃从开花到果子成熟，要一百二十天以上。不像枇杷、杨梅，成熟起来有先有后，猕猴桃是一次成熟，一次全部采摘完毕。

三十斤一个筐子，边采边装，轻采轻放。选出小果、畸形果、破损果、虫咬果，让其他好果入库。采果当天，果子得进冷库。冷库温度-4℃～0℃。先在-1℃的空间放置24小时，把果实体内的温度调下来。

果实也会呼吸，是活的。热度排出，再移库到-4℃的空间，可以放四至六个月不坏。

六个月之后，果实的糖分就会分解，慢慢就不好吃了。

选出的差果，很快软掉，可以用来酿酒。

机器把果子碾碎，加进酒曲、白糖，放置缸内，低温发酵。

一缸能装一千五百斤。放置四十五天，这时候最有趣，缸内如煮粥一样，"噗噗噗噗"响个不停。

一日夜之后，缸内发酵的汁水就会往上扑，势同鼎沸。缸内也是滚烫的。同时酒香四溢，满屋子都是酒味。

不会喝酒的人，在这里待半天，会有酒后的微醺。

两日夜后，发酵转至平缓状态，此时可以搅拌，封口，静置四十五天。

十月。

也是最忙的时候。

采了果,园子要秋剪、清园。剪去多余枝条,剪去挂果枝、病虫枝。剪下的枝,背出来,集中烧毁或是深埋。整个园地,淋浴式喷洒一次石硫合剂,达到五个波美度[1]。

秋剪结束,要杀菌。此时杀菌,有利于采果之后果树的伤口愈合。

再是割草,一年只割一次草,让草烂在地里,做有机肥。

采果后施肥,这时是施月子肥。一般是采果后十天左右。月子肥是有机肥。下大肥,好好慰劳一下果树,抓紧恢复树势,为来年的丰产打下基础。

秋天施肥最好。秋施是金,冬施是银。一年施肥,七成在秋施。

接下来,涂杆。这是为了果树顺利过冬的措施。要

---

[1] 波美度:表示溶液浓度的一种方法。

把每根树干都涂白，防冻，也防病虫害。有时还要刮除病斑、涂白、剪修病枝，三个工序一起做。

此时，各项工作同时进行，秋剪，杀菌，割草，施肥，涂杆，你说忙不忙？

老林在果园子，忙得团团转呢。

但此时老林是开心的，果子都已入库，又是一个丰年。

十一月，蒸酒喽。

蒸酒师傅技术过硬，蒸出来的猕猴桃酒，是五十二度，果香四溢啊。

老林很为他的猕猴桃酒骄傲。几间简陋的房子，老林的栖身之处，仿佛成了一个酒窖。

老林入山的第十年，他把二十万斤猕猴桃酿成了酒。

果子酿成酒，猕猴桃的附加值就提高了。往年有的时候，猕猴桃果集中上市，价格卖不上去。酿了酒，碰到果子价格低的行情，他就不怕，都拿来酿酒也行。

酒是放的时间越长，越珍贵。

他又在山里找了一个地方，挖出一个大洞，冬暖夏凉，用来放酒。

这是十一月，酒香四溢的十一月。

十二月，山外来了朋友，坐下来烤火，喝一盏酒。

聊聊山里的事。聊聊几只鸡几只狗的事。再聊聊一条路的事。一条路走到头，是一片原始森林，那里有棵杉树王，两个人无法合围。

那是树神，山里人路过，都要朝老树拜一拜。

老林说，十年前，他只想着种猕猴桃可以种出一个自己的王国来。来到这片大山，这条深山峡谷，一头钻进来。他猜到了开头，没有猜到结果。

结果是什么？

结果是，十年后，他把自己种在了山里，成了人们口中的"桃仙人"。

碰杯。喝一口酒。

酒里都是猕猴桃的花香果香。

山色渐晚,老林指一指窗外渐渐幽暗起来的大山,说这里叫作"火把坞"。也有人叫"灰壁坞"。地质书上写的是"蝙蝠坞"。

我和老林碰杯。我觉得,还是叫"火把坞"有意思。

十二月末,山里快要落雪了。

五个快递

2019年，他接手了一家快递公司的漠河极北驿站，为大伙儿送快递。

但是没多久，他就发现，在漠河，送快递这活儿不好干。为啥？天太冷了！漠河一年有七八个月是冬天，最冷的时候，零下四五十摄氏度。董晓强，这个曾经获得过"比武标兵"的前野战兵说，-46℃还在送快递的，都是好兄弟啊！

董晓强深一脚浅一脚走在湿滑的路上，胸前抱着五个快递。在他的右手边，黑龙江在静静流淌。江对岸是俄罗斯，江这边是北红村——中国最北的村庄。

是深秋了，头一天下过一场雨，气温下降得很快。董晓强走着走着，却觉得身上热起来。上午他开车两小时，走了140公里，把五个快递从漠河市送到了边境线上的北红村。现在他要把五个快递尽快送到村民家中。这里太北了，天黑得早，他得赶紧干活。

第一个快递，收件人是开农家乐的李嫂。快件小小的，不重。北红村这两年一下子冒出好些家客栈、农家乐。原来默默无闻的小村，现在已被越来越多的人知晓。但这个中国最北的村庄，至今还不通班车，游客都是自驾前来。村里人统计过，全村366人，有220多人从事旅游业。不过，现在已是旅游淡季，游客稀少。董晓强走进一个农家院子，喊了一声"李嫂"，里头有人答应着出来。见是快递，李嫂惊喜得叫了出来：终于到了。

打开包裹，是几盒治高血压的药，李嫂家的游客从山东济南给寄的。夏天时客人在她家住过，跟热情的李嫂成了朋友。知道李嫂有高血压的毛病，她就给李嫂寄药来了，连钱都不收。

说到药，董晓强记起一件事。今年三月，他接到一个陌生的电话，是外地工作的中年男人，给兴安镇的母亲买了治哮喘病的药。可那时快递没人送，他又回不了家，还担心七十八岁的老母亲，可把他给急的。他央求董晓强，能不能帮忙把药送过去，顺便看看老人家。

兴安镇距漠河240公里，来回就是480公里。就这样，一个人，一辆车，一包药，下雪天，极寒地，董晓强愣是开了六个多小时，把药送到了老人手中。

一个快递，快递费用和来回开车油费一比，简直可以忽略不计。董晓强说，当时想到这是老人家急需的药，哪考虑那么多，干就是了。他当过兵，当过兵有当过兵的风格——还是野战兵，什么苦没有吃过？天大的困难，牙一咬，说干就干。

第二个快递，是寄给北红小学王老师的。王老师的事情，董晓强听说过，一个年轻人，大学毕业来到这个学校当老师。王老师来的时候是2009年，学校操场还是一片荒草：没水，没电，没网络。王老师挑水、打井，晚上点着蜡烛批作业。北红村三年后才通电。

王老师那时年轻啊，这一晃，多少年了？王老师结了婚，他爱人于老师也来了学校。一个主教语文，一个主教数学。全校两位老师、十一个学生。不容易啊——这些年，王老师拿了一捆荣誉证书，中国青年五四奖章、全国优秀教师、黑龙江省劳动模范、希望工程园丁奖……王老师自己的孩子，今年也七岁了，眼看着也要上学了。

董晓强把快递送到王老师手中，又认真地加上了王老师的微信。快递打开，是几副羽毛球拍，给孩子们用的。平时王老师也不敢从网上买东西，因为从漠河市到北红村，这140公里是无法逾越的鸿沟。曾经有同学给他寄过吃的，等他有空时进城拿，东西早就坏了。说到底，北红村太偏远了。

对了，忘了告诉你，四十八岁的董晓强，是快递公司漠河极北驿站的站长。他和手下六名快递员一起,每天要送两千多件快递。但漠河的北红村、洛古河村,这两个村子都还没有通快递,一般都得村民自己进城办事的时候,捎带着,把全村的快递都取回去。可是,谁进城不都自己有事儿要办吗,还要赶在天黑前回家去,哪能这个点那个点跑个遍,帮着所有村民把快递都取上?

董晓强叹口气,如果是在大城市,上午网购的东西,下午就能送到手上。可是在漠河,在北红村这样偏远的地方,收个快递,那真是坎坷。

即便这样,有的东西,村民还是得从网上买。董晓强加了王老师微信,说:"以后只要是学校的、孩子们的包裹,王老师说一声,我专门送过来。"他又发狠说,今年一定要把北红和洛古河两个村的网点开通——这样,大伙儿寄点东西、买点东西,都要方便多了。

第三个快递是北红村王叔的,王叔买了50只磨机用砂轮片。货不大,但沉甸甸的。北红村处于大兴安岭地区,蘑菇、木耳、菜干、药材,这些山货以前卖不出去,有了游客之后，山货可以销往全国各地，只要手机上发发朋友圈就有人买了。有的游客还会帮着推销。北红村的山货，现在是越来越紧俏了。靠山吃山的人，趁着天气还没有特别寒冷，就多往山里跑一跑。

董晓强给王叔打电话，王叔说他不在家，果然，是进山捡蘑菇去了。"家里门也没锁，你推一推就开，把东西放桌上就行。"

北红村民风淳朴，人出去了，门也不锁。董晓强把东西放好，离开时把王叔的家门顺手带上。他也知道，村民网购的需求很强烈，大到家具、电器，小到卫生纸、手电筒、洗衣粉，村民也都会在网上下单。有一回，他还给北红村民送过沙发。从县城到村里这"最后一站"，要是能迅捷畅通，村民与外界的联系一定会多得多。

董晓强的麾下，六名快递员之中"老弱病残"算起来占了一半。有一位，原先是在林场干活的，在一次意外中被砸坏脑壳，后来用个"塑料壳"做保护。为什么要聘用这样的员工呢，董晓强说："人总要吃饭，总要活下去，对不？"因为行动迟缓，"塑料脑壳"送货要慢很多——会不会被投诉呢？怪的是，却没有人投诉他，倒是有的人认识"塑料脑壳"后，尽量自己来驿站取快递，让他少跑几趟。

只是，北红村这样偏远的地方，总是董晓强一个人"包干"了的。

第四个快递，是村里年轻人小冉买的手机壳，从广东番禺寄来的。遗憾的是，拆开以后，小冉发现手机壳开裂，董晓强当场给办了退货手续，下午带到漠河退回。看见眼前的年轻人，董晓强想起自己年轻时候的样子。

1987年，大兴安岭特大森林火灾几乎烧毁了漠河城镇。第二年，出生于内蒙古自治区甘河镇的董晓强跟着父母来到了漠河。他父亲主要负责给重建绘图纸，母亲从那时候开始做起了啤酒生意，一家人自此扎根漠河。从懂事起，董晓强就帮家里干活，退役后接着做啤酒生意，几乎跑遍了漠河市的每一个乡镇。2019年，他还接手了一家快递公司的漠河极北驿站，为大伙儿送快递。

但是没多久，他就发现，在漠河，送快递这活儿不好干。为啥？天太冷了！漠河一年有七八个月是冬天，最冷的时候，零下四五十摄氏度。董晓强，这个曾经获得过"比武标兵"的前野战兵说，-46℃还在送快递的，都是好兄弟啊！冬天在漠河，连出门都是一件不容易的事。"必须开烧火炉的三轮车，手机必须捂在胸口的兜里才能用，要不然就开不了机。快递员的手、耳朵，都被冻伤过。天黑得早，路面全部结冰，安全系数也低……"即便这样，人手不够时，董晓强每天也是自己顶上去。为送快递，他翻过雪墙，钻过森林，不方便开车时就跑步，一年下来瘦了二十斤。

最后一个快递，收件人是冉大姐。冉大姐的家不好找，打了三个电话，又找人问路，终于找到了冉大姐家。冉大姐说，她身体不好，最近出门不方便，幸亏董晓强把东西送上门来。冉大姐买了些生活用品。

董晓强临出门的时候，冉大姐又把他叫住了。冉大姐说，还是网上好，啥东西都能买到，要是咱们北红村每天都能送快递，大伙就开心了。"你能不能想想办法？"冉大姐问董晓强。

董晓强说，办法他已经在想了，争取早一点，把咱北红这条线开起来。当过兵的董晓强，很喜欢一部叫《士兵突击》的电视剧，他最认同的是剧里的一句话，"不抛弃，不放弃"。北红村这样一条快递线路，如果按照当下流行的所谓"大数据"和"算法"来看，这条物流线绝对没有开辟的意义——路远，单子又少，跑一趟只有亏钱。但是董晓强的个性还是"倔"，他冲到小镇客运站，对着负责人一顿比画，"谈判"的结果是：每天从县城到兴安镇有一趟班车，让班车帮着村民带快递，所有的费用，董晓强自己掏腰包。

董晓强也明白，快递已经成为现代人的基本生活方式。生活在大城市的人，手机上点个外卖，快的话半个小时内热乎乎的饭菜就送到手中了。一早在网上下个单，买件衣服，买几本书，下午就送到家了。这就是物流发达的魅力。物流是一场生活方式的革命。董晓强感慨，如果让北红村也能享受到这样的物流便利，这个小村庄一定会发展得非常迅速。"这是一个良性循环！"正是基于这样的认识，董晓强觉得，越是偏远的地方，物流也就越重要。这也是他一次次跑向北红村的原因。

现在，送完最后一个快递的董晓强，开上他的车子，离开北红村——这个真正意义上的、中国最北的村庄。接下来，他要开车两小时，赶在天黑前回到漠河去。对他来说，这算得上是令人满意的一天。

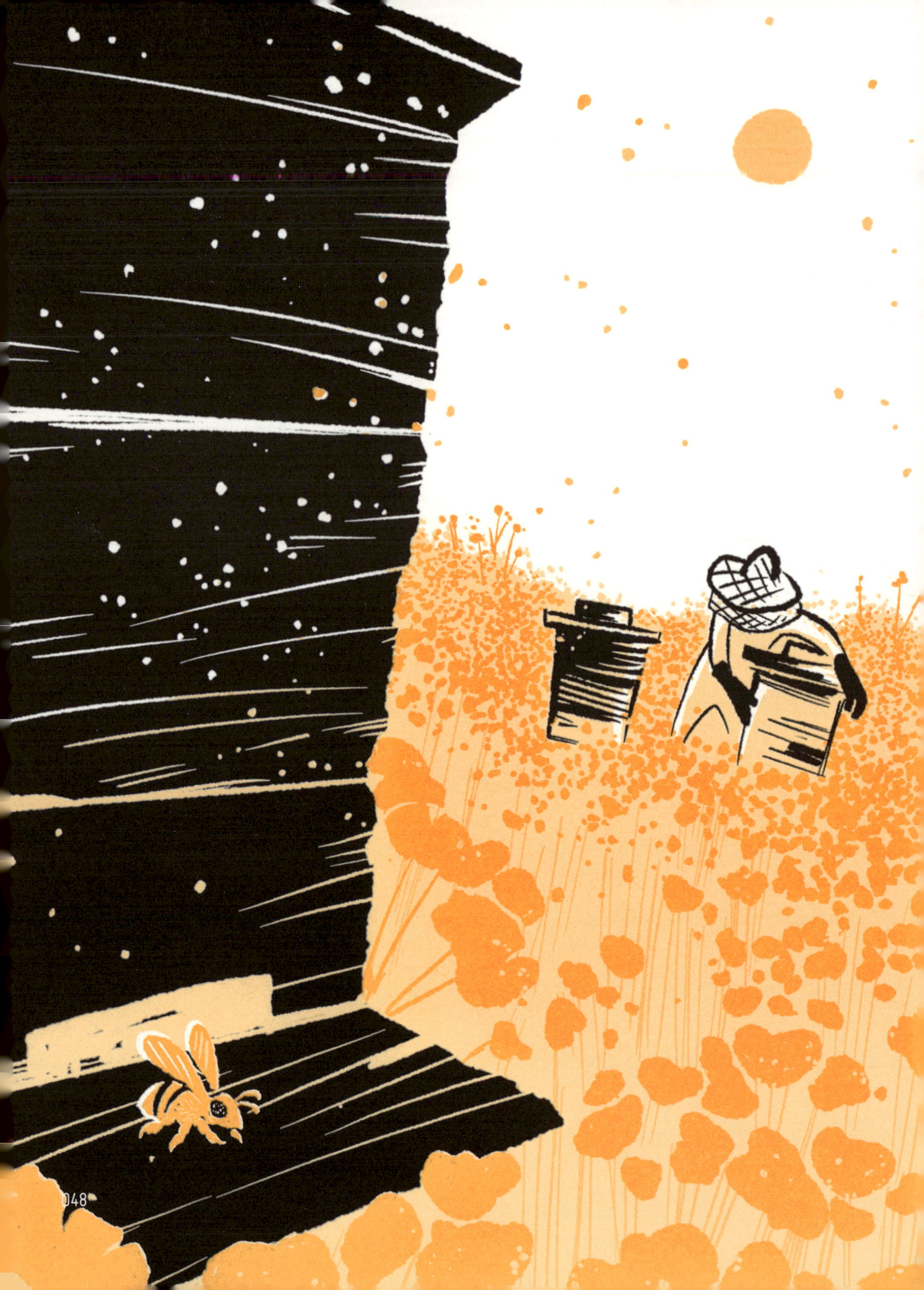

七百万个兄弟

浙江开化——江西婺源——江苏——河南——陕西延安——陕西榆林——山西——内蒙古……

与此相对应的,则是各地不同时间开放的花朵:

油菜花——油菜花——油菜花——洋槐——洋槐——枣花、荆条花——油菜花、葵花——五味子、椴树花……

这是他们夫妇俩的线路:花开之路。

或许用一句话来形容他们的旅程也并无不可——所到之处,花就开了。

蜂蜜里储存了所有的行程与秘密。

从张湾出来，车窗外掠过连绵不断的金黄色。这是油菜花烂漫的时节。忽而见到花丛之中，似乎有搭起的帐篷，还有人在帐篷旁边忙碌，我猜是养蜂人了。遂好奇心起，踩了刹车，往回倒车。

在山里行走，这是一种自由，想走就走，想停就停；想开倒车，就开倒车，好像随时可以让时间重来。

养蜂人正指挥着一群蜂，在花丛中——也不知道在忙些什么。我走过去，一条狗就吠起来，吓了我一跳，好在狗是用链子拴着的。听到狗吠，一会儿就有妇人从帐篷一侧走出来，叫着那狗的名字，于是狗就安静下来。

果真是一对养蜂的夫妇。男人正打开蜂箱，小心地观察每块板子上的蜂群。蜂子密密麻麻。他有一百三十箱蜜蜂。但最近两个月老下雨，不利于蜂子的繁殖。蜂子若是繁殖多了，箱子总量不增加，他会在箱子里增加蜂片。

我问他，一箱蜂有多少只蜂子？

他说，现在有五六万只。

他拿着一把剪刀，说是给蜂王剪翅膀。蜂子多了，蜂王一跑，整箱跟着跑。把蜂王翅膀剪了，它就跑不远了。

我对于养蜂所知甚少。我只知道养蜂人辛苦，一年当中，天南海北，跟着花期跑。我在纪录片里看过一些养蜂的故事，比如在云南哀牢山和无量山的深山老林，哈尼人怎样去收服大树上的一窝野白脚蜂，或者怎样把一群野蜂留在家里。这让我很感兴趣，觉得人与蜜蜂，有一种奇妙的关系，而且是久远的关系。这种关系，不知道延续了多少年。

这位养蜂人看起来年轻，一问，居然五十多岁。他说，再干几年，到了六十岁，挑不动蜂箱子时，也就不干了。养蜂这件事，年轻人不愿干，年纪大的人干不了。也是，终年风里来雨里去，奔波流浪，的确是辛苦营生。

他的父亲也是养蜂人，现在老了，家业传给了他。在全国各地，他重走父亲的线路，也会遇到很多新的养蜂人。如今是四川的蜂人最多，眉山的，苏东坡的老家；云南的也多。浙江江山的那一批蜂人，起步早，如今都老了，群体在减少。或者，也因为生活条件好了，很多人便不再继续操持此业。

说起来，一年当中，这段时间算是清闲一些，可以在南方待上两三个月。南方的油菜花令人沉醉。油菜花开遍之后，他们的迁徙之旅随即开始，这是一条漫长的线路：

浙江开化——江西婺源——江苏——河南——陕西延安——陕西榆林——山西——内蒙古……

与此相对应的，则是各地不同时间开放的花朵：

油菜花——油菜花——油菜花——洋槐——洋槐——枣花、荆条花——油菜花、葵花——五味子、椴树花……

这是他们夫妇俩的线路：花开之路。

或许用一句话来形容他们的旅程也并无不可——所到之处，花就开了。

现实的情况，也许并没有那么浪漫。通常他们会雇一辆大货车，把全部家当拉上，几百公里、几千公里地走，跟着节气走，跟着阳光雨露走，跟着花期走。每到一个合适的地方，他们就会停留下来，安营扎寨，待上十几天，顶多二十来天。

越往北走，生活越不方便，尤其是有些干旱的地方，生活用水也不方便。他们会找一辆三轮车，用塑料桶去几公里远的地方买水，一桶水五块钱。

但是北方的蜜好——老吃蜂蜜的人就会知道，南方潮湿，雨季长，花蜜里的水分就大一些。而北方干燥，北方植物的花色虽不鲜艳，蜜却是好的，至少，比南方的蜜好。

这是养蜂人透露给我的秘密。他说你要买蜜的话，一定不要在超市里买，如果能找到养蜂人，直接跟他买蜜，八成不会有假货。其次是，尽量买北方花朵的蜜，比如洋槐蜜、枣花蜜，还有椴树花蜜，也是好的。

这是生活里的秘诀——我经常会有意外收获，全赖于我时常会与各种各样、各行各业的人闲聊。比方说，有一次我去临安，自己开车在大山里走，路边有妇人招手拦车，我便带她一程。结果，她告诉我山里野笋干的秘密，野笋干要怎么样做出来才好吃。再比方说，有一次，还是养蜂人——我到安徽，去深山老林里的燕子河，李师傅到火车站接我。李师傅江湖跑得多，见多识广，一路上山环水绕的同时，他就跟我闲聊。他说上午出山时，他在路边，找了一家养蜂人，买了一些新鲜的槐花蜜。他还说，最好的蜜，必定是在这大山里，在这大别山里。这里有什么污染源没有？这里有雾霾没有？自然是没有的了。这里，只有鸟鸣，水流，蛙跳，蝶舞；只有云的流动，水的歌唱，树的呼吸，草的呢喃。所以，在这大山里的蜂蜜，就是大自然的东西，是大自然的蜜蜂从大自然的花朵里采集和酿造的，一定是好的。

想到这里，我的味蕾上也洋溢着甜意了。我也要跟养蜂人买一点蜂蜜。一年要奔袭八千公里的养蜂人，把他一路上和蜜蜂一起采集的好东西分享给我，这是多么叫人感到快乐的事。

我知道，养蜂人风里雨里，一年奔袭八千公里；一只蜜蜂，也同样奔袭在它的旅途中。蜜蜂每一次外出，为了装满它的嗉囊，需要在上千枚花朵上飞行与驻足——也就是说，十万枚花朵上的旅行，才能酿出一丁点珍贵的蜜呀。而我，不劳而获，与这些花朵上的旅行家分享它的行程，分享它所经历的每一次阳光雨露，每一个寒暑晨昏，我，是不是，特别荣幸？

我在养蜂人的帐篷外坐下来。我其实是坐在一片油菜花田的中间。我和养蜂人缓慢地聊天，蜜蜂在我们的周边嗡嗡飞舞。养蜂人清理蜂箱，观察状况，他的动作是缓慢的，他说话的节奏也是缓慢的，仿佛世上本没有太多可以着急的事情。

现在，我要总结那一天的故事了——我要说，那是养蜂人一次难得的心得分享——关于他的旅行，一路上遇到的危险，陌生人的帮助与温暖，以及关于花香与鸟叫，遇到的冰雹，或是突然降临的西伯利亚寒流，还有高速公路，绿色通道，辽阔的大地，车在路上开啊开，开了半天也遇不到一个人的寂静……

"但是这一路上，两个人，我们都不会觉得孤独，"他继续说，"因为同行的还有一整支队伍，那儿有七百万个兄弟。"

我跟他买了好几瓶蜂蜜。

蜂蜜里储存了所有的行程与秘密。

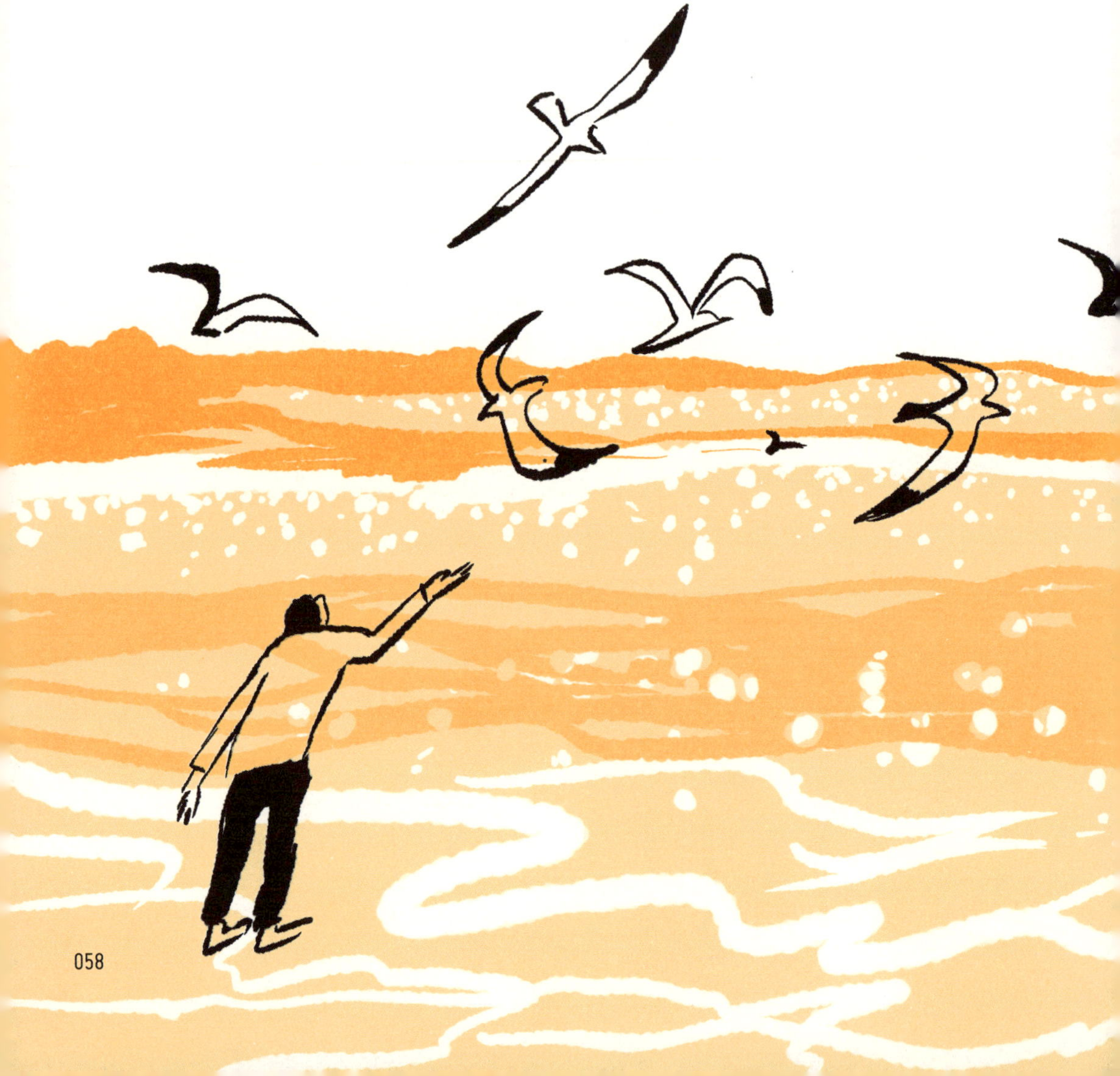

出海岛记

陈老师买了一辆摩托车。"突突突"的声音里，岛上的渔民经常看见陈老师骑着车，后面坐着虞老师，风里来雨里去。岛上的人见了，还是会向他们招招手，远远地，大声问："陈老师，放学了？"

目送最后一个孩子走出校园,陈老师收拾收拾书包,锁上铁门,自己也踏上了回家的路。陈老师家在口筐村,从口筐到学校,从学校到口筐,一天两趟,早出晚归,连一条像样的路都没有。

翻山越岭的,这条路不好走。海风吹来凉凉的,风里捎来岛上野果成熟的香气,也捎来不远的码头上的鱼腥气。新学期开始,班上有个孩子没来,不知道是跟着打工的父母转学去了县城,还是生病在家。明天要再没来,就得去他家里看看。孩子们长高不少,也晒得更黑了。鹿西岛上的孩子都是如此,海风咸咸的,加上日头一晒,孩子们普遍肤色黝黑,但一个个好像又都壮实了些。

陈老师走着走着就出了汗。这条山岭,陡峭的地方和地面呈40度角,几乎要手脚并用才爬得上去。翻山过来,一身汗。翻山过去,一身汗。走一趟,三十五分钟。碰上下雨下雪天,那就遭罪了,路滑,伞撑不住,稍不注意就滑一跤,好几回走到学校,已经是一身泥了。

陈老师想,什么时候能调出去就好了。

这里是温州最东面的一个海岛，有个好听的名字，鹿西。鹿西属于洞头县（后来叫作洞头区），这里都由海岛组成。师范学院毕业那一年，国家还包分配，陈老师就给分到了洞头县鹿西中学教书。陈老师其实并不讨厌海岛，他是土生土长的海岛人，从小就在岛上摸爬滚打。和岛上人一样，父亲打鱼为生。奇怪的是，陈老师却晕船。父亲说："我们是靠大海生活的人家，看来你是没有机会吃这碗渔饭了，那就好好念书吧。念好了书，你就出去工作，就能改变命运，离开鹿西。"

那时候出去一趟，真不容易。出岛的唯一方式是坐船。一天只有一班船，到温州。天没亮就得起床去赶船，发船的时间也不固定，跟潮水有关。坐船需四个小时。每一次坐船对陈老师来说都是一种折磨。每一次坐船回来，陈老师就想，以后有机会，一定要离开鹿西。

这条山岭走了十年，陈老师还没有调出去。按照县里"岛际交流"的政策，大学毕业回原籍地工作，教满五年，就可以调出去了。陈老师刚参加工作时，学校里的老师，清一色是本地岛民，清一色年龄都偏大，那时候，没有年轻人愿意来岛上教书。陈老师年轻，上面说了，你就为家乡做点贡献，先教几年，等新的大学生进来，你就调出去。

陈老师喜欢读书，也喜欢教书。他教物理，后来这门课叫"科学"，岛上孩子们都喜欢上他的课，一上课都瞪大了眼睛，好像这门课里装了一个新世界。陈老师从教室往窗外望一望，能望见大海上的渔船，能嗅到海风里的鱼腥气，也能想象到海岛之外那个新世界。他也想去繁华的城市，去那个新世界看一看。

岛上的生活，有点艰苦。台风，暴雨，那是年年都有的，损失严重的时候，连学校屋顶都掀了，一片瓦也没留下。平常日子，岛上缺水。没有自来水，老师们都要去井边挑水，近的几百米，远的几公里。到了枯水期，井也干了，只能开船去对面岛上运水。后来有了运水船，一次运几十吨水，供岛上人生活饮用。住宿条件也差，有的老师离家太远，只能住在教室里，用简陋的木板一隔，就成了宿舍。年轻老师不愿来，来了也留不住。有一年，来了一个女大学生，来了几天又走了。她说，这小岛上，再待下去是浪费青春，心一横，干脆辞职了。

陈老师放了学，有时就在海边坐一会儿。教了几年书，岛上的人全都认识了。这岛上本来也没几个人，低头不见抬头见，见了陈老师，不管老的小的，都会跟他打招呼："陈老师，放学了？""陈老师，吃了吗？""陈老师，我家那个小的，你管得严一点，没事！"孩子们在路上见了陈老师，先是恭恭敬敬地叫一声"老师好"，然后就生拉硬拽，把陈老师拉到家里去喝茶吃饭。

二十六岁那一年，有亲戚提供信息可以帮助他调往城里工作，问陈老师去不去。陈老师也动心了，外面开出的待遇翻了一番，生活条件好很多，机会自然也更多。陈老师纠结呀，他几个晚上睡不着。思前想后，翻来覆去，最后做了决定。那时候他教初三。其实从大学毕业开始，他年年都教初三。对岛上的孩子们来说，初三太关键了，能不能考个好成绩，能不能上个好学校，大意不得。他教的初三,"科学"这一门课的成绩多次名列全县前茅。想到孩子们的目光,想到家长们的信任,他怎么忍心半途把孩子们丢下,只顾自己走了呢?

这一留,又是好几年。

陈老师成了岛上的风景。每天他都早早来到学校,迎接孩子们到来。傍晚又目送孩子们离开校园。每一天,他都陪伴孩子们在书声琅琅里度过。岛上台风多。刮台风的日子,他和别的老师一起,分头把孩子们一个一个送回家。陈老师越来越喜欢这份工作,他教过的孩子们,每年都有好些考上学校,考上高中,离开小岛,过了几年又去更远的地方上大学了。看着孩子们一个个离开海岛,陈老师感到很高兴。

将近三十岁时,岛上的小学来了一位虞老师,工作往来中认识,一来二去,两人相恋了。这时候,陈老师的出岛计划就变得不那么迫切了。陈老师新被任命为学校副校长,还兼了岛上成人文化技术学校的校长,工作事务多起来。成了家,上学放学路上有了伴儿,路途也变得不那么艰辛了。

虽说口筐村离学校还是一样远，岛上修了路，打通了一条隧道，再也不用翻山越岭了。陈老师买了一辆摩托车。"突突突"的声音里，岛上的渔民经常看见陈老师骑着车，后面坐着虞老师，风里来雨里去。岛上的人见了，还是会向他们招招手，远远地，大声问："陈老师，放学了？"

岛上的生活，陈老师似乎越来越喜欢了。2006年，外调城里的大好机会再次光临，但陈老师再三深思后便也悄悄婉拒了。这年陈老师转换频道，开始专心做他的成人教育。成年人的教育，从当初的"扫盲"，到后来的文化素质提升，再到技术培训、社区教育，一年一年办下来，岛上很多成人都成了陈老师的学生。陈老师在课堂上讲什么？国内国际时事、中华优秀传统文化、生活美学教育、健康养生知识、先进科学技术……真的是包罗万象。陈老师在村民活动中心开设了一个"鹿岛讲堂"，每周一次，一次半天。这个讲堂一开，居然开了二十年。有位刘奶奶，今年九十四岁了，讲堂次次不拉，陈老师担心她身体，劝她天气不好时就别来，刘奶奶嘴上说好的好的，到了时间还是风雨无阻。

2012年的秋天，新学期开学前，岛上很多人找到陈老师，要他把小学管起来。原来前一年，岛上的中学撤并后，孩子们要过海去上学，管理、安全、学习……出现一系列问题。陈老师来挑了重担，在师生们的共同努力下，学校面貌一新。这座全县规模最小的海岛学校，先后荣获洞头县"华中"教学质量提高奖和"华中"教学质量贡献奖。

又过了两三年，陈老师的校长任期届满了，原本是可以调离海岛的，上面领导也答应给他安排条件好一点的岗位。陈老师想了想，自己是该撤了。但是他说："这个年纪了，我也不调出去了，还是让我留在鹿西岛，继续搞成人学校终身教育吧。"

陈老师说，他已经习惯这个小岛的生活了。

陈老师说，你别看鹿西岛小，但是在这里生活得越久，你就越喜欢它。

岛上生活简单，日子宁静。算下来，陈老师已经在岛上教书二十七年了。现在他最喜欢做的事，还是放学后跟爱人虞老师一起，在岛上散个步。路上碰到的每一张面孔都熟悉。要么是他教过的学生，要么是他教过的学生的孩子，要么是他后来成人学校的学生——不管怎么样，他一路散步，一路上都有人跟他打招呼："吃了么，陈老师？""陈老师，到家里喝一碗酒啊！"

那天，我在鹿西岛上玩，碰到陈老师。我们坐在海边聊天，归来的渔船静静停栖在岸边。陈老师大名陈庆杰。陈庆杰老师说，他这辈子，在岛上也没干出什么大事，一年一年都是琐碎平淡的生活。但是，让陈老师感到自豪的是，他教过的孩子，很多人都离开了海岛，远走高飞，飞到了全省乃至全国，有的还成了不同行业的优秀人才。

陈老师说："我现在年纪也大了，我觉得很幸福，再也不想离开海岛啦！"

说完，他就笑了起来。我看着渔港里停栖的船，觉得陈老师是用一辈子造了一座人生的岛屿，风平浪静也好，巨浪滔天也好，他就在那里，把一艘又一艘梦想的"小船"送了出去，乘风破浪，驶向无比壮阔的远方。

父子工匠

大国工匠建大桥，造火箭，什么样的大工程，都离不开一个个的小零件。何英豪说，只有把每一个小小的部件做好了，才能支撑起一座大桥、一艘火箭。

而小零件，那么重要，却从来都沉默不语。

一

父子之间的交流并不算多——英豪偶尔打个电话回去,也不过是聊聊家常,很少特意去聊工作上的事情。不过,英豪还是觉得他和父亲之间,有一种不言而喻的默契。

何英豪于1998年出生,这一年二十四岁。作为浙江省台州市黄岩区第一职业技术学校的一名模具实训教师,他的日常工作,跟父亲的工作几乎一样——都是在机床前默默地度过一天又一天。

父亲何小刚,现在是宁波一家汽车部件公司的数控车间主任。几年前,他获得了宁波市镇海区职工职业技能大赛"数控车工技术能手"荣誉称号。

2020年,英豪参加浙江省职业技能大赛,获得了第三名的好成绩,被授予"浙江省技术能手""浙江省青年岗位技术能手"称号。

一对父子,两个工匠。

采访英豪,他不善言辞,有一句说一句,没有问他什么,他多数时就沉默。问他,父母对他的人生之路有什么影响,尤其是父亲的职业。英豪想了半天,只是腼腆地说:"也没有什么影响吧,可能只是言传身教。"

又过了一会儿,他才补充道:记得自己 2019 年从学校毕业,到台州黄岩工作,父母给了他一个月的生活费。母亲说:"一个人在外面工作,要照顾好自己,买个锅,自己周末烧烧饭,多给家里打打电话。"父亲则说:"现在你参加工作了,跟在学校读书不一样。做人做事,要脚踏实地。"

就这么两句话,英豪一直记着。

二

和妻子曾淑伟一起到达宁波镇海的头几天,何小刚在街头四处转悠,努力寻找工作机会。这是 2001 年的一幕。当时的宁波镇海已经是一个生机蓬勃的地方,到处都在开办五金厂,到这里打工的人来自全国各地。

只是,何小刚只有初中文凭,又没有技术,工作并不好找。

既然已经出来了，就不可能再灰头土脸地转回老家去。他的老家是在湖南省邵阳市新邵县的乡下，一个叫大石的村庄。那里有一座大山叫金子山，但那里山多田少，土地贫瘠，为了谋求发展，很多人都转向东南沿海务工。

身上仅有的几十元钱用完了，何小刚想了个办法——擦皮鞋。

后来在老乡的介绍下，何小刚进了一家五金厂做车工，加工发动机配件。具体地说，是做气门导管。他的主要工作，就是在一个铸铁坯件上打孔，然后把外部削圆，使毛坯件变成一根铸铁导管。

这是一份稳定的工作，何小刚非常珍惜。他为人忠厚，手脚勤快，干活专注认真，做出的铸铁导管产品报废率低，这让厂领导看在眼里。

刚到宁波打工的那一年，何小刚的儿子何英豪刚好三岁。

为了能一门心思务工赚钱，夫妻俩把孩子托付给家里的大人照管，结伴来到了宁波。很快春节到了，原本准备回家过年，但春运期间的车票非常难买，根本买不到票。三岁的儿子天天在村口盼着爸爸妈妈回家，见爸爸妈妈没回，就伤心大哭。夫妻俩也不忍心，过完年排长队买到了票，把孩子带到了宁波，在宁波上了幼儿园。

这么多年过去，已经是车间主任，每天管着一百多台数控机床的何小刚，还是会想起那些为生活奋斗打拼的日子。

从最开始一个月的五百元工资，慢慢涨到一千多，到两千多，收入每年都在一点点地增加。

2004年，厂里有了第一台数控机床。厂里的生产规模扩大，增加到一千多个工人。厂领导决定让何小刚学习操作数控机床。数控编程，排布工艺，每一个环节对何小刚来说都意味着巨大的困难。为了学习数控机床技术，他自己花了五千元积蓄买了一台家用电脑，从打字开始学习。那台电脑，在很多年里都是家中最贵的一

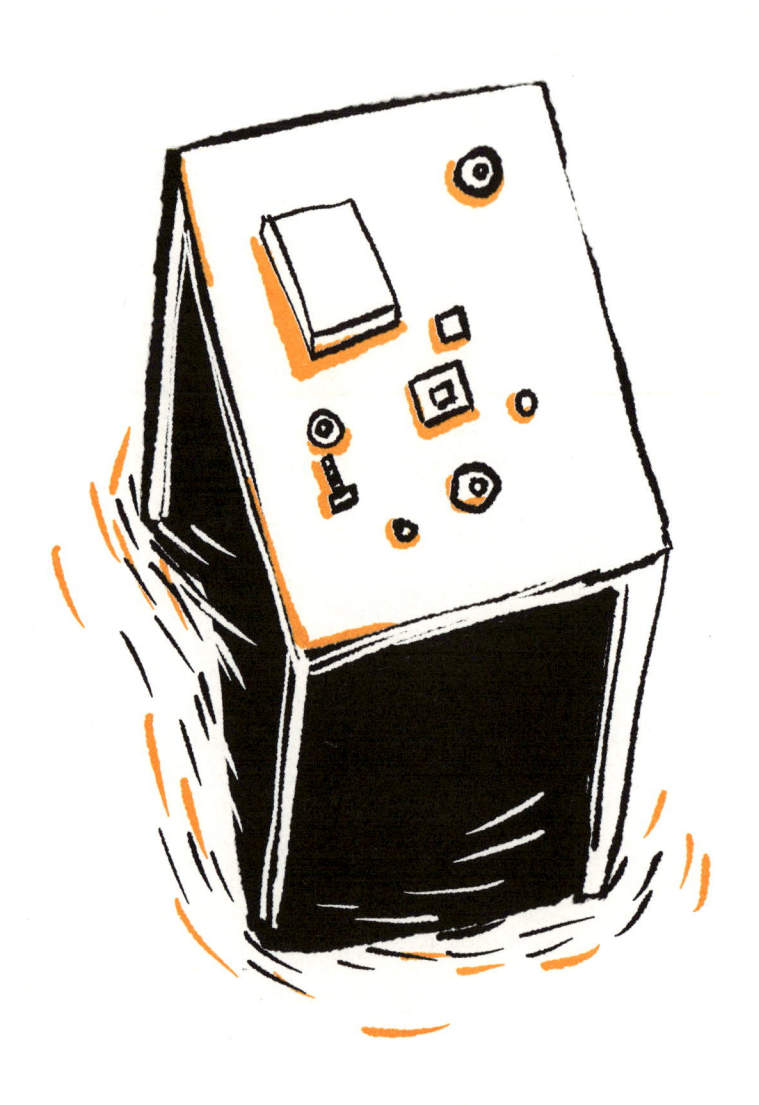

074　中国故事　｜　专注的劳动者都是发光体

件家电，那时为了买一个电吹风都要思前想后考虑半天。

2008年，厂里有了一百多台数控机床。那时何小刚已经成为操作数控机床的老师傅了，新人进来，都由他来传帮带。厂领导让他管理整个数控车间。

妻子说，小刚性格上"认死理"，一个问题不解决，夜里根本睡不着觉。要是碰到什么技术问题，他经常是从白天到晚上都耗在车间里，饭也忘了吃，家也忘了回。有一次，为了加工一个长轴带有圆弧和不规则形状的零件，他反复琢磨，三四天都睡在车间里。

几年下来，一百多人的车间，他做出来的工件合格率最高，速度还最快。只要有跟机床有关的技术难题，所有人都会第一时间想到找他解决。

三

机器的声音，在何小刚听来像是音乐一般悦耳。一个个看似冰冷的钢铁块和零部件，在他看来也都富有灵性。

儿子何英豪在小学和初中的学习成绩都不错，每次都排在班级的前几名。初二那年暑假，担心他一个人留在家里乱跑不安全，何小刚就把儿子带到了车间。

起先是想让儿子在一旁写写暑假作业，顺带着也是一种社会实践。没想到何英豪对机床很感兴趣，这儿摸摸，那儿看看，好奇心强的他还经常拉住老师傅问这问那。

这是一个生产汽车部件的工厂。对于初次接触企业环境的英豪来说，一切都是新颖有趣的。何小刚干脆就教他操作机床，制作简单的小零件。

其中有一个零件，是柴油发动机中的"惰齿轮轴"。看着巨大的钢铁机器在自己亲手操作下做出一个零件，英豪兴奋不已。

在老师傅的带领下，英豪很快学会了一些简单的操作。但一段时间过去，最初的新鲜感消失了，英豪开始觉得工厂环境有点枯燥。

每天按部就班的工厂生活和工作，让他提不起劲。每天到点，他也马上下班。有几次，他路过父亲的车间，发现工人都走完了,父亲还在逐一检查生产的零件,如果机床打扫得不干净,父亲还会重新打扫和整理。

这让英豪很触动——"这份工作我才接触了一个月就觉得枯燥无味了。他做了十几年,还能尽职尽责。这一点我要向他学习。"

"实习期"结束,父亲给英豪几百元钱作为"奖励"。英豪开心地说不用了,这些钱就用来贴补家用吧。

一家人在宁波的生活也不宽裕。他们租住在离工厂不远的一幢年份久远的村民房子里,英豪又有了一个妹妹。

2014年,何英豪初中毕业。到底是读高中考个大学好呢,还是去学一门技术?

只有十六岁的英豪,没有想太多。父亲何小刚坚决支持他去读技师学院[1]。

选择技师学院,理由也很简单:浙江是制造业大省,宁波到处都是机械五金工厂,学模具设计与制造这个专

---

[1] 技师学院:以培养技师、高级技工为主的高级职业培训机构,主要面向新生劳动力开展后备高技能人才培训,是中国职业院校的重要组成部分。

业将来比较好找工作。

何小刚从电视上看到,这些年国家都在大力提倡"工匠精神"。他觉得,做一个工匠,是真正对国家和社会有贡献的。

四

何英豪知道,父亲想让他成为一名好工匠。

在父亲何小刚看来,做一个好工匠,亲手把脑海中的事物设计出来,亲手用钢铁材料制造出来,是一件很有成就感的事情。

2012年,厂里派何小刚参加镇海区职工技能大赛,他获得了数控机床项目的三等奖。同时,他也看到了自己的差距,更加勤练技能。第二次参加技能大赛,何小刚不负众望,斩获了"技术能手"称号。后来,他又通过了考试,捧回了两本证书——制图员、数控车工的高级职业资格证书。

一个曾经的"泥腿子",凭着勤奋与好学,不仅踏踏实实地完成工作，还成了技术能手，一举成为职工们的学习榜样。但何小刚并未满足，一想到自己曾经在街头寒风中擦过皮鞋，他就无比热爱这一份与机床相伴的工作。在他看来，每一台机床都带有温暖的情意。

可是，何英豪真的上了技师学院后，有一段时间，他也不免陷入思考与迷茫。尤其是当他听说很多技校生毕业之后，没有选择这一行，而是去做服务员、当快递小哥"赚快钱"的时候，何英豪也开始问自己——"这是我想要的工作吗？"

有一次，何英豪回家休假，在饭桌上，他们聊到了当初刚到宁波，在街头擦皮鞋的往事。一家人都笑了。

何小刚说："只要踏踏实实学习，踏踏实实做事，是块金子一定会闪闪发光的。"

何英豪想，可能这是父亲讲过的最有哲理的一句话了。

何英豪见过父亲何小刚工作的样子。一年到头，父亲面对机床的时间最多。尽管也要管理数控车床车间里的几十号工友，给大家分配工作任务，解决技术难题，但大多数时候，他还是沉默的。可能有太多的技术问题沉积在他的脑海中，十几年下来，父亲已变得像机床一样沉默和精准。

何英豪报名参加了学校的竞赛小组。学校曾有两位优秀的学生，在世界技能大赛的全国选拔赛中脱颖而出。这件事点燃了英豪心中的梦想，他也想进入国家集训队。

世界技能大赛的实训过程，就是一个工匠的修炼过程。第一步是看图纸、画图纸；第二步是对着图纸独立实训，找出问题，总结分析；第三步还要训练强大的心理抗压能力。

如果是在工厂里，流水线上的工人只要负责他自己岗位的工作即可——制图的只负责画图，数控加工的只负责加工，抛光的只负责抛光……但是，去参加世界技能大赛就等于是要做一名全能型选手，每一个步骤都需要他一个人独立完成。

在学校里，何英豪的时间分成了两部分：在教室里

上课，在车间里实训。而他泡在车间里的时间不分昼夜。从造型研究到模具设计，到工程制图，到数控加工，再把加工出的模具进行装配，再抛光、试模、试制产品，然后再修正，再制作产品……

模具，也可以理解为模型，人们可以按照这个模型做出最终的产品来。当下人们的生活用品，大部分都离不开模具，常见的如脸盆、冰箱、电脑、打印机等，汽车和摩托车发动机的金属外罩也是用模具做出来的。现在制造一台汽车，要用到各种各样的模具两万多个。

那么，模具本身又是如何制造出来的呢？

拿到一个产品的图纸，那么我们要逆向思维，去推导和设计能做出这个产品的模具。用软件设计出模具，再用毛坯料加工出模具。这里涉及的工序很多，大致有车、铣（xǐ）[1]、热处理、磨、电脑锣[2]、电火花、线切割、激光刻字、抛光等。

举一个简单的例子，就是在模具加工的"铣"这个环节，假设直径为一毫米的铣刀，如果设计有误，很可能这把刀具在切削过程中，会发生"断刀"现象。这时就要反复调整参数，修正刀片的行走路线，使刀具能正

---

1 铣：即铣削。通常指在铣床上用铣刀加工工件的方法。
2 电脑锣：一种装有程序控制系统的自动化机床。

常运行,"削铁如泥",从而加工出完美的模具。

制作模具的步骤非常多,每一个环节都难度很大,而且不能有一丝错误——制图的时候,可能要手工标注五六百个尺寸,一个也不能遗漏、错误;数控加工环节,加工精度要控制在0.01毫米范围内……

每天高强度训练,结束后还要和小组成员总结当天出现的问题,避免下次出现。每个周末,他只有周五晚上回家洗澡休息,第二天又回到学校,继续训练。就连寒暑假,他也放弃了旅行或休闲娱乐。这样的训练,持续了一年半。

正是在这样的训练中,何英豪觉得自己越来越像父亲了。为了解决一个技术难题,有时候他也会待在机床边,从早上一直到深夜。每一个问题,都需要默默地,缜密地,去逐一解决。

这样的时候,他就会想起父亲。当所有人下班的时候,父亲还会走遍车间,用目光和手掌抚过每一台沉默的机床。

五

2018年，何英豪在第45届世界技能大赛全国选拔赛中，夺得第五名的佳绩。次年，他来到台州市黄岩区第一职业技术学校任教，成了一名模具实训教师。

2020年，何英豪参加浙江省职业技能大赛，获得了第三名的好成绩。也在此后，他被浙江省人力资源和社会保障厅授予"浙江省技术能手"称号，被共青团浙江省委授予"浙江省青年岗位技术能手"称号。后来，他又受到共青团中央表彰，获得"全国优秀共青团员"称号。

黄岩是台州的老工业基地，模具产业发达，被誉为"中国模具之乡"。在智能模具小镇，聚集着大大小小上百家模具企业，服务全球车企的汽车模具、微发泡大型模具等各种模具一应俱全。

何英豪明白，学生们都要走上工作岗位，为企业、社会服务，因此他也主动加强与企业的联系，了解行业对技能的要求。周末，他就去黄岩当地的模具厂参观学习，与企业师傅沟通交流，并把社会需求对接到校内的教育上来。

英豪相信，一个全方位的高技能人才必须有全面的素质。最终，他指导的学生获得了浙江省职业院校技能大赛模具项目一等奖的第一名，也因此获得了代表浙江省参加国赛的机会。一个半月后，这名学生又在国赛上获得了一等奖的第二名。何英豪自己也被全国竞赛组委会评为"全国优秀指导教师"。

大国制造业如何面向未来，大国工匠的故事，都是何英豪经常与学生一起交流的话题。他说这是一个面向未来的事业，在中国做一名工匠，一定会越来越好，越来越吃香。

他和同事一起，带领同学一起设计开发了一个衣架模具，把做出的产品送给同学，希望每个人能把自己人生中制造出来的第一个产品悉心收藏，这是非常有意义的纪念。

"我们国家的建设，需要大量的专业技术人才，需要无数的大国工匠。"何英豪年轻的脸上洋溢着阳光，他在班级对学生说，"这个时代，需要你们这样的技术工人，尤其是高技能人才。我们国家，科技要自立自强，制造业也要自立自强，就是需要弘扬工匠精神，发挥技术人才的聪明才智。"

六

中国的制造业正在不断进步，模具制造的工艺也在不断提升。

在一次模具课上，何英豪指导学生对一个器件进行抛光工序，要达到"镜面"效果。这道工序看起来简单，但只能纯手工操作。有的工件有两三毫米大小的小槽、小孔，要先后用油石、研磨膏、羊毛球慢慢打磨，最终使工件表面达到镜子一样的反光效果，用机器检测，能达到"Ra 0.004"的表面粗糙度。

父亲何小刚和母亲曾淑伟依然住在镇海区长石村的

旧房子里。不过夫妻俩仍然很满足，在这里住习惯了，也觉得很好。他们在宁波务工二十年，在共同努力下，生活越过越好。几年前，他们在湖南老家新邵县城买了一套房子，总价四十多万元，一次性付清全款。2020年，他们又把房子装修好了。

何英豪在台州的黄岩也买了房——作为对优秀技术人才的奖励，当地政府给了一张丰厚的"房票"，奖励六十万元的购房首付款。这对何英豪和全家人来说，都无异于一件巨大的喜事。

父亲何小刚每天的工作依然很忙。每周一上午开早会，作为车间主任，他要把所有职工召集起来开会，强调质量、生产、安全几项重点。除此之外，他多数时间也依然是沉默的。厂里的产品，不同种类大大小小各种型号有一千多种，他们车间经常负责最为精细的部分——比如"精镗（táng）内孔"这个步骤，要求工差是0.01毫米，比头发丝还细；产品的不合格率要控制在千分之一以内。然后，这些精密的配件将被组装成为

"动力总成"，成为汽车的重要部件，奔腾在中国乃至世界各地的大道上。

令何英豪感到欣慰的是，凭父亲的技术，他再也不用为找不到工作而发愁了。

大国工匠建大桥，造火箭，什么样的大工程，都离不开一个个的小零件。何英豪说，只有把每一个小小的部件做好了，才能支撑起一座大桥、一艘火箭。

而小零件，那么重要，却从来都沉默不语。

一桥一生

　　建廊桥，不是一件容易的事情。很多人都觉得这门技术已经失传了。营建廊桥的负责人以前叫作绳墨或是主墨，绳墨或主墨的名字都会写在桥的重要位置上。那些年里，家快也不知道谁是会这门技术的。他也要很多年后，才会认识廊桥建造大师董直机。或者说，要很多年后，董直机才会被人们从乡野挖掘出来。

一

　　董直机的名字被人发现的时候，已经是很久以后了，久到他自己都快把造桥这件事忘掉了。那时，有人在一座老桥上发现了痕迹。

　　那是在岭北[1]的上洋村，一座叫泰福桥的石拱木平梁廊桥上。为什么叫泰福桥呢，因为这座桥是从泰顺[2]通往福建的重要交通桥梁。2003年，几位文物工作者到上洋村考察，发现泰福廊桥的梁上，留有"绳墨[3]董直机"字样。

　　"绳墨"，也就是廊桥的设计师、建造师。这座桥建于1948年，建桥的师傅如果当时正年轻，说不定尚在人世。于是，文物工作者一行立即改变行程，在岭北一带打听，寻找这位叫董直机的廊桥建造者。

　　在浙南闽北山区，廊桥的种类繁多，有石拱廊桥、

1　岭北：位于浙江省温州市泰顺县。

2　泰顺：县名。在浙江省南部、飞云江上游，邻接福建省。属温州市。

3　绳墨：本义指木匠画直线的工具，比喻规矩或法度。后将修造廊桥的造桥师傅团队中的负责人称为"绳墨"，也称"主墨"。

木平梁廊桥、伸臂叠梁式廊桥、八字撑木平梁廊桥、木拱廊桥等样式。在所有的廊桥当中，木拱廊桥的营造技艺最为复杂，是世界桥梁史上的绝品，也是我国古桥梁研究的活化石。"中国木拱桥传统营造技艺"被联合国教科文组织列入《急需保护的非物质文化遗产名录》。

　　木拱廊桥的营造技艺，在以往的资料记载中并不多见；尤其是关于营造技艺的"老司"（泰顺当地方言，即"老师傅"的尊称），资料更是很少。专家曾多次对浙南闽北现存的木拱古廊桥进行考察调研，发现大多数古廊桥都出自福建匠师之手。例如，泰顺的薛宅桥造桥主墨，是福建寿宁巧匠徐元良。景宁的梅崇桥梁上，也有墨书题记，显示匠人来自福建："福建省福宁府宁德县主墨木匠李正满、张成德、张新佑、张成官。副墨木匠祖观、祖极、祖发、张茂江、张成号、张成功、昊天良。"

　　而今，木拱廊桥的技艺还有人传承吗？在泰顺还能找到硕果仅存的老师傅吗？历史上的那些民间造桥大师，难道只能隐藏于广袤的山村，悄无声息地存在，又悄无声息地湮没于时间的荒野吗？

谁都说不清。

从20世纪90年代中期开始，许多文物工作者数度寻找，结果都令人失望。物比人长久。虽然廊桥还在，但是，恐怕这世上，已没有人能再以传统技法造出一座新的廊桥来了。

泰福桥梁上新发现的"绳墨董直机"字样，无异于一针兴奋剂，让文物工作者精神大振。大家沿岭北古道进村入户，去寻访传说中的董师傅。

在泰顺，宛如天工一般的廊桥仍存在于各处，与一个一个村庄聚落相连。

这一条岭北古道，一头可经岭北到达泰顺，另一头一直延伸至福建境内。古道两旁古树名木甚多，山林郁郁葱葱，路边流水潺潺。岭北溪绕了个半圆形穿过上洋、板场、村尾等村落，溪回路转，民居沿水分布，错落有致，宁静恬然。

在云深之处，一个叫村尾的村庄，村民把陌生的客人带到古树掩映的石桌前，指着另一位老者说——你们要找的"老董司"，就是他了。

董直机被人"找到"的那一天，已是七十九岁。

了解泰福桥的建造情况后，来者忐忑地询问老人能否建造编梁木拱廊桥。

老人淡定表示，自己完全掌握此门技艺，并且，如今依然把造一座编梁木拱廊桥视为毕生梦想。

十三岁那年，少年董直机在闽北寿宁亲戚家中做客，当时一个叫杨梅洲的地方正在修建一座廊桥，董直机慕名前去观望。在那里，他看到一位七十多岁的建桥师傅，用木滑轮和架子将一根根重达千斤的横梁架到半空中。

好奇心驱使着董直机一连十多天都跑到工地上观看。

董直机聪明伶俐，也很勤快，就在工地上帮师傅递工具、打下手。造桥师傅喜欢他，教了他一些造桥的技术，董直机把建桥过程、工序都牢牢记在了心中。从那时起，他的心里就孕育着一个念头，将来也要建一座漂亮的廊桥。

为了实现心中的愿望，十七岁那年，董直机开始跟着师傅学做木匠。苦干三年出师，却始终没有机会修建廊桥。每当他说起建造廊桥的想法时，村民们谁都不相信，一个年纪轻轻的小木匠能建廊桥。老一辈的木工师傅则对他的想法不屑一顾："我们都难以实现，你还有这个能耐？"

一个木匠安稳的日常，是晨昏之间挑着家什担子，行走在漫长的村庄古道上，从一户人家到另一户人家。每一个东家都有不同的造屋木工活要做，做完那些活可能要十天半个月。木匠把上家的活做完，再到下一家，开始同样的历程。

董直机也是如此，他把自己造廊桥的愿望埋在心底。他早已能独立担当木构大屋民宅的建造，并承揽此类村民需要的木工活以谋取生计。直到二十四岁那一年，离村尾村不远的上洋村要建廊桥，找遍了附近的木匠，没有一个人能胜任这份工作，于是，有人找到了董直机。

接到建造木廊桥的邀请之后，董直机激动得一夜没有睡好。一座廊桥跨于山水之间，木匠手中简单一根墨斗线，弹起来却很难。差之毫厘，失之千里，建造廊桥失败的在历史上不乏其人。一次建桥的失败，会令一个木匠再也抬不起头来，他的技艺不再能得到乡人的信任，一生的职业生涯毁于一旦。还有什么比这更糟糕的事呢？因此，很多木匠不会轻易去挑战那些高难度的任务。但是，对于年轻的董直机来说，这些困扰都不存在，他等待这一个机会已经很久了。

一座石拱廊桥，终于如他所愿地出现在上洋村。那座桥造型典雅，身姿优美。在1948年的泰顺山野之间，一座新建的廊桥得到了人们的赞颂。泰福桥的建造过程中有非常丰富的民俗活动，选栋梁、择吉、祭木工神、祭梁神、抛梁等，每一个程序都充满了人们对吉祥和福祉的期望，也寄托了乡民对美好生活的追求。

泰福桥建成了，董直机还是留下了些许遗憾。原本的修建计划里，廊桥有两层廊檐，廊屋有十一间。可是当时为了减少开支，首事[1]中途改变了修建计划，将廊檐改成了一层，十一间的廊屋改成了九间。这在一定程度上，削减了廊桥的气势。

而最为遗憾的是，泰福廊桥的廊屋是修在石跨梁上的，而非悬空而架的木架梁。他为没能亲手体验搭建木廊桥的跨梁而耿耿于怀。

此后的数十年，董直机再也没有机会展示他的技艺。雪藏了绝世武功的大侠，就这样在平凡的日常里蛰伏。无数普普通通的日子，细密的生活掩盖在他的身上，将他从一个蓬勃的青年装扮成一个寻常的老头。

人生里那些高光的日子，什么时候才会被重新打开，绽放光芒？

当七十九岁的董直机被工作人员找到的时候，他内心的火焰被点燃了。彼时，这位唯一健在的、尚能建造木拱廊桥的民间匠人，把来人领到村尾村村口。

1　首事：修建廊桥的牵头人，主理建桥的相关事务，包括解决建造廊桥过程中所需的一切费用，协调、处理建桥过程中遇到的所有问题，还要有相对较高的威望和号召力。

那里正是千年古道岭北方向的道口，苍松掩映，风景极佳。他从小就听人说，这里以前有座明代的同乐桥，清末时毁于洪水。原先还有一块记载建桥之事的石碑，现已无处可寻。桥毁后，村尾村也一直无力集资重建廊桥。

站在河边，老董司说，这辈子，要是能在这里重新建造一座同乐桥，那就此生无憾了。

二

一把斧头，在曾家快手上居然耍出花来。

家快拎的是一把十斤重的大铁斧。他用这么重的一把斧头干啥，一般人想不到。家快拿着十斤重的斧头就像拿着一把铅笔刀，丝毫不显得笨拙和吃力。他在摄像机前运斤[1]如风，手起斧落，"唰唰唰，唰唰唰"，鸡蛋壳纷纷掉落下来。不一会儿，一颗光洁娇嫩的鸡蛋就剥好了，居然，丝毫未损。

1　斤：斫（zhuó）木斧。

也正是那一次，家快赢得了一个"斧头王"的称号，在中央电视台《状元360行》节目里。

不，家快不是卖茶叶蛋的，他是个木匠。不仅他是个木匠，他家三代都是木匠。这么说吧，这就是木匠世家。只是跟一般做家具、农具的小木匠不同，家快是大木匠，是上梁装架、造房子的人。家快从十八岁开始，就跟人学做大木匠了。

学木匠的人，最初的想法大多一样的，就是学一门手艺，好养活自己，也养活家人。是从什么时候开始对廊桥感兴趣的呢，家快都有点记不清了。反正打小，他就生活在廊桥边，每天来来回回，都要走过那座北涧桥。

北涧桥，就是那座又高又大的"世界最美廊桥"，家快好奇，这桥是怎么架到河上去的呢。这好奇一直伴随着他从少年长成青年。

二十九岁，他看到很多游客来看廊桥，也有很多专家、教授来参观廊桥。他也更感兴趣了，就开始琢磨廊桥。他把北涧桥的每一个部件都画了下来，然后，又用一堆小棍子，依样画葫芦地搭了一座一米多长的廊桥模型。虽然只是模型，但桥的每一个构件、每一个穿插都依照原样，丝毫不含糊，整座桥都用传统的榫卯（sǔn mǎo）[1]结构来完成。

这个模型做出来，很多人看到都愣住了，原来还能把廊桥的模型建得这么好啊！

能建廊桥，家快却没有用武之地，哪一条溪，哪一条道路，需要一座廊桥呢？后来巧了，有个单位，说愿意出资九千元，让家快去建一座真正的木拱廊桥。九千元，那时也不是小数字，家快没有辜负人家的信任，果真用这笔钱建了一座小廊桥出来。

廊桥建在不远的南溪上，溪不宽，桥也不长，十米多些，七米高，三米多宽。充其量只是一座袖珍的廊桥吧，那也是家快负责建造的第一座廊桥——对于家快来说，他需要一个舞台，能让他把廊桥架起来。现在，他

---

[1] 榫卯：木器中两部分接合的地方。凸出的部分叫榫，即榫头；凿空的部分叫卯，即卯眼。榫卯结构广泛运用于木制建筑和家具制造中。

终于建起一座真正的廊桥了。

建廊桥，不是一件容易的事情。很多人都觉得这门技术已经失传了。营建廊桥的负责人以前叫作绳墨或是主墨，绳墨或主墨的名字都会写在桥的重要位置上。那些年里，家快也不知道谁是会这门技术的。他也要很多年后，才会认识廊桥建造大师董直机。或者说，要很多

年后，董直机才会被人们从乡野挖掘出来。

在建好第一座廊桥的两年后，他终于又有了一个机会：衢州有一个叫黄土岭的村庄，为了发展乡村旅游，想造一座木拱廊桥作为景观，他们看到新闻，就找到了家快。只用了两个月时间，家快就完成了这座桥 1 500 多个木构件的制作。然后，用车运到当地，组装。那么多的构件，大到桥苗[1]，小到椽（chuán）子[2]，就两个人爬上爬下，安装完成之后，没有多出一个构件，也没有缺少一个构件。一座廊桥，造价十多万元，清清秀秀地就在黄土岭的山野之间架起来了。

2004年，曾家快正式拜董直机为师。

与此同时，曾家快的师父董直机心心念念了一辈子的同乐桥，也于2004年开始建造。

一座桥，是老人家一生的夙愿。

建一座廊桥所需的费用不是一个小数目。筹措几十万元资金，对于一个经济落后，没有集体经济收入的小山村来讲，的确困难重重。

也因此，同乐桥的修建工作，比原来想象的还要困难得多。

2004年8月，在村尾村村主任的带领下，村委会

---

1 桥苗：廊桥的下部结构，有三节苗、五节苗、剪刀苗等。
2 椽子：屋顶结构中设置在檩条上的木条。上面安放望板或直接铺设瓦片等屋面材料。

成员负责筹资，董直机师傅负责廊桥建造技术，众人准备木材，正式动工重建同乐桥。因资金短缺，同乐桥造了两年多时间方才竣工。

2006年12月16日晚，村尾村人杀猪宰羊，备下丰盛菜肴，圆桌从村头摆到村尾，为第二天举行的圆桥仪式做准备。

次日上午九点多，在两位徒弟的搀扶下，董直机以一身木匠装束出现。深色的大衣长裤，前身依然围着干活时用的围裙，右手握着斧头，左手拿着尺子，缓缓走向同乐桥。

桥面上还有一块木板空缺，会在圆桥这一天由绳墨师傅钉上。董直机在徒弟的帮助下，把木板钉在空缺处，此时鼓乐鞭炮齐鸣，同乐桥终于圆满落成。这座桥所在的位置，村民俗称"锁匙头"，是岭北溪自西向东的一处狭窄水口。桥两岸巨石削立，古木苍劲，风景绝美。

董直机严格按照传统民俗的要求，来安排每项建筑流程与仪式，这给不少文物和民俗专家留下了珍贵的一手资料。这座同乐桥，后来被定位为 1949 年之后第一座以传统营造技艺建造的编梁木拱桥。

2009 年 6 月，董直机入选第三批国家级非物质文化遗产"木拱桥传统营造技艺"代表性传承人名单。

三个月后，由浙江省和福建省联合申报的"中国木拱桥传统营造技艺"，在联合国教科文组织相关会议上被正式批准列入《急需保护的非物质文化遗产名录》。

"营造这些桥梁（木拱桥）的传统设计与实践，融合了木材的应用、传统建筑工具、技艺、核心编梁技术和榫卯接合，以及一个有经验的工匠对不同环境和必要结构力学的了解……这种传统的衰落缘于最近几年的快速城市化和现有建筑空间的不足，这些原因结合起来，威胁到了这项技艺的传承与生存。"

老董司终于有了更多建桥的机会，通过廊桥的建造，老董司带出了好几个徒弟。

这其中，就包括"斧头王"曾家快。

曾家快是个很执着的人，认定要做一件事，就坚持不懈地做好——从一开始钻研木拱廊桥的建造技巧，他就把泰顺的每一座古廊桥都走了一遍，测量桥的各项数据，包括桥长、桥高、主梁，甚至每一块主要木构件的厚度。他还把这些数据一一整理，绘制成图纸，有的还做成模型。

十几年前，交通还不是很便利，曾家快几乎是靠着两条腿遍访山中古廊桥。

廊桥营造技艺的传承，要靠切实的营造过程来实现。从绳墨董直机被人发现，到多人拜师从艺，再到营造团队的成熟；通过古廊桥的修复、廊桥的新造，让传统技艺得到传承，让文物得以复活，泰顺积累了一个很好的经验。

在同乐桥的营造中，董直机将木拱桥传统营造技艺传授给6个徒弟，带出了4个专业从事木拱桥的团队，其中省级传承人2人，市级传承人3人，县级传承人7人。

曾家快就是这些徒弟中的代表。

三

一座廊桥，又一座廊桥，后来曾家快一共负责建造了十几座廊桥。最远的一座，是在台湾的南投。

很多人都以为，建造廊桥一定要在现场，其实不然。大多数的构件都可以在别的地方完成，然后搬运过去搭建。但是，作为绳墨老司来说，尺寸可不能弄错。

2021年6月中旬，我在泗溪镇[1]上曾家快的家中见到他。位于镇街边的曾家一楼已完全变成了一座工作间，地上、墙角堆放着各种机器和木料。墙壁上挂着照片，那是曾家快参与中央电视台节目录制时获得"斧头王"称号的情景。曾家快说，这不足为奇，如果让你练上几个月，你也可以用斧头把鸡蛋剥得很好。只不过，剥鸡蛋到底只是一个噱头，造廊桥才是自己的人生使命。

从一个初中文凭的普通木匠，到修造廊桥的绳墨老司，家快也可谓当下的"绳墨传奇"。

对于曾家快而言，对他技艺最大的考验，就是修复

---

[1] 泗溪镇：隶属浙江省温州市泰顺县。

2016年被洪水冲毁的文兴桥。这座古老的廊桥有着奇特的结构，桥身一边高一边低，倾斜的结构使得它成为独特的存在。

薛宅桥、文重桥、文兴桥三座国宝廊桥被洪水冲走的一小时内，泰顺县文物部门立即通过微信平台，向社会发布了《关于收集被毁廊桥木构件的紧急通告》，呼吁广大干部群众在确保自身安全的前提下，收集被洪水冲走的廊桥木构件。

两天后，三座廊桥的95%以上大构件、85%以上中构件基本找回。

2016年11月底，国家文物局批复立项，将泰顺十座国宝廊桥（包括被冲垮的三座）列入了修缮范围。国家文物局在批复文件中对廊桥修复提出明确要求，要遵循不改变文物原状、最小干预等文物保护原则，保护文物及其历史环境的真实性和完整性；明确水道整治、建筑拆除、路面修整的具体范围，确保文物本体与周边景观风貌相协调。

2017年3月25日，三座国宝廊桥同时启动修复，分别由三位技艺精湛的非遗传承人主要负责桥本体部分——郑昌贵负责"归位整理"1 000多个木构件组成的薛宅桥，曾家快负责"归位整理"1 200多个木构件组成的文兴桥，赖永斌则负责800多个木构件组成的文重桥。

救桥大如天。

曾家快把手头别的事都暂停下来，全力投入文兴桥的修复工作。

修复这样一座结构奇特的古廊桥，技术难度大为增加。此外，廊桥原木构件保存着较多历史信息，特别是廊桥各构件的榫卯关系体现了古代工艺水准，因此要尽力做到修旧如旧。

这一点，也是文物专家强烈坚持的——如果廊桥的原木构件更换过多，就失去了文物的真实性和完整性。

所以，文兴桥的修复，要尽量利用重新寻回的原木构件，对残损木构件进行加固处理。但曾家快更要对一座桥的安全性负责,如果经过判断,某些重要部件已经损坏,无法继续使用,他会要求更换;有的部件虽有损坏,但用"墩接"和"巴掌榫"的方式,替换一段新料后再经加固,还能继续承担重任的话,也尽量对原构件进行保留。

最难的是,如何保证重修后的文兴桥仍然是一边高一边低的样子。

如果新造一座廊桥,并且按照正确的比例造出一座完美的廊桥,对于已经成功完成十几座廊桥新建的曾家快来说不成问题。但是,要按照前人的无心之举,复刻出一座一模一样的廊桥,难度无疑大了许多倍。

如同顽童率性在白纸上涂抹一笔,天真烂漫,一挥而就。别人想要复刻出那一笔来,却须精雕细琢,一丝不苟。

这时候,文物专家的较真精神,在这里体现得淋漓尽致。他找出了多年前拍下的许多照片,站在同样的位置,以同样的镜头、角度,拍下同样的照片进行比对,来确认修复后的文兴桥与原桥无异。

为了这样的锱铢必较，他们甚至还一次次争论，双方从各不相让，再到说服一方，达成共识。曾家快面对1 200多个木构件，对每一块构件进行登记整理，再对它们作出客观的评估，让每一块历经沧桑的木料都能各安使命。

桥上最重要的受力部位三节苗、五节苗，老构件存在极大的安全隐患，专家们终于同意更换成新的木料。这些木料隐藏在云海和深山里，曾家快对这些柳杉木的要求很高，必须使用50年以上树龄的材料。乡民与曾家快一起，从深山里采伐树材，再按照老料一模一样的数据斫[1]成构件。

木屑纷飞，汗水滴落。光阴流逝，古桥重生。

2017年8月17日，文兴桥上梁。

2017年12月16日，文兴桥圆桥。

九十三岁的绳墨老董司已无法行走。他只能坐在轮

---

[1] 斫：本义为大锄。引申为砍、斩。

椅上移动，再也无法去往更远的地方了。在修复文兴桥的过程中，曾家快也好几次来看望师父。

也许，师父一生对于廊桥的执着精神，也正是他源源不断的动力所在。

2018年4月19日下午，绳墨老董司故去，享年九十四岁。

人们说，老董司在生命即将走到尽头的时候，给大家留下的最后一句话是"相见无期"。而人们更愿意相信，老董司一辈子对廊桥的痴情，以及他建桥一生所积的福祉，早已架设好通往仙境的美丽虹桥。

沙海来信

他想起在塔指基地每天都要看到的一句话。那句话，后来在漫漫的沙漠公路上也迎头遇见——
"只有荒凉的沙漠，没有荒凉的人生。"

113

亲爱的朋友：

"我在世界的尽头。"

我走在路上的时候，心里是这么想的。

此时此刻，风在我身边呼呼地吹着，风里都是沙子。天已经暗下来了。风裹挟着沙子，从茫茫沙海里吹过来。我是何人？我在何处？

是啊，这个地方太遥远了，这个地方太荒凉了。这里简直是世界的尽头。一种无边的孤独涌上心头。在这样的空旷与孤独里，很想跟谁打电话，说说话，确认自己在世间存在的真实性。而我此刻，想告诉你我的孤独，我的思念。

我来到沙海深处，在这个叫和田河的地方，听到一些故事，我愿意把它说给你听——你愿意听吗？

时间过去很久了，苏路路对自己初到和田河的情景记忆犹新。

越野车在沙漠公路上颠簸，前行，公路两旁是无边无际的沙海，而穿越沙海的道路漫长，似乎永远没有尽头。车子一早就出发了，一直开，一直开，后来天都黑了，越来越黑，直到车灯照出去，光线立刻被旷野吸收。

苏路路的心一直往下坠。

什么时候才能到啊？

苏路路开始有点绝望。

对于这一行工作的艰苦，1997年生的苏路路其实是有思想准备的。当初选择这家公司，是看中它开出的薪资比别家高出不少。他是河南省焦作市沁阳市人。本科在长安大学，读的是资源勘查工程。硕士研究生则是在中国地质大学，学的地质学——理科，研究火成岩的形成——学地质、矿产，这一行哪有不艰苦的？

但他没想到，毕业后会到和田河这种"鬼地方"来工作。

怎么说呢，从招聘、入职，到分配工作岗位，一次又一次超出了他的预料。在库尔勒的塔指基地，半个月的培训结束后，按照程序抽签，决定新人去向。这一批入职塔里木油田的新人有三百多人，分到塔西南勘探开发公司的有六十多人。作为六十多人中的三分之一，苏路路他们来到了塔西南公司的泽普采油气管理区；然后，他又从二十多人里脱颖而出，再一次被命运垂青，成为最终来到和田河采气作业区的三个人之一。

这是一个漫长又煎熬的过程，又仿佛是命运的一个玩笑。

就好像是一部电影里的情节——主人公睡着了，醒来，又睡去，又醒来，当他终于完全清醒的时候，身边的人已经越来越少。最后，车门打开，他下了车。他手上拎着简单的行李。四顾之时，他才发现自己被丢到了荒郊野外——在很多电影里都有类似的情节，接下来，就是对人生的重大考验，要学会野外生存，学会与孤独共处，等等。

苏路路最后到达了这个地方——和田河采气作业区。这里，是中国石油塔里木油田最偏远的气田。站在这里，满目都是沙海。塔克拉玛干沙漠被人称作"死亡之海",而和田河采气作业区就处在"死亡之海"的腹地。

一个场景一再地出现在他的梦里:他坐在一艘小船上,四面是黑洞洞的海,无边无际的海。小船在大海的风浪中起伏摇晃,他紧紧地抓住船舷,才不致被抛到浪头中去。但是风浪又太大了,劈头盖脸。突然,一个浪头打过来,完全把小船抛起来,他像一片树叶落到了水里——

他惊醒过来。

无边的夜,黑黝黝的。无边的沙漠,也是黑黝黝的。哪里有什么大海?分明只有沙海啊。沙漠上在刮风,风沙打到宿舍外面的墙上,发出"沙沙"的声响。风也扯动着什么东西拍打着不远处的大棚,"哗哗",就好像是风浪的声音。

不知不觉,苏路路又在这风声里睡着了。

天亮后,他看到公寓楼的院子地面上,已覆盖了一层沙子。他一个人爬到沙丘上,呆呆地站了好一会儿。

他给父母打电话。想了想,只报了个平安,并没多说什么。"这里很不错,住得也很好,两个人一间屋子。"过了一会儿,又说,"吃得也不错,你们不用担心。"

打电话的时候,苏路路其实是面对着一大片的沙山。对于他来说,初来乍到的新奇劲儿还没有过,这壮观的

沙海景象就像明信片上的风景。他没打算告诉父母，这个叫作和田河的地方到底有多遥远。

只有在夜深的时候，他跟大学同学用微信联系，说过这里的状况。同学听说，默默回复两个字："保重。"

这种生活有一点不真实的漂浮感。不过，这感觉很快就被具体的工作填满。他是在天然气净化班组实习。实习是在正式独立工作之前，跟着经验丰富的老师傅们学习一段时间。他的任务是在处理站进行日常巡检，如定期检查仪器设备等。

师傅们都是倒班制——白班，副班，夜班，休息。一天又一天，一年又一年。苏路路有时觉得惊奇，怎么师傅们可以有那么多的耐心，永不厌倦地做着同一件事。他们每一天都走着重复的线路，用同样的动作，去查看那些仪表和仪器，而每一次，他们的眼神里都闪动着认真与深情。

慢慢地，苏路路开始知道了这座遥远的和田河气田的故事。

他知道了——和田河气田是南疆天然气利民工程的主力气源地之一，每天可以生产上百万立方米天然气，温暖着南疆各地百姓。

他知道了——2004年开始，在这片号称"死亡之海"的塔克拉玛干沙漠里，深埋了万年的清洁能源进入输气管网，供往和田地区。南疆的百姓终于结束了烧柴、烧煤的时代那烟熏火燎的状况。

他知道了——师傅们一次次巡检仪器设备的背后，是每一个个体的付出，家庭的支持，默默的坚守……

他跟在师傅们的身后，认识了很多设备，也听说了很多故事。

计量分离器、气液分离器、低温分离器、旋流分离器、过滤分离器、脱硫吸收塔，还有很多设备和装置，湿净化器预冷器、湿净化器分离器、脱硫再生塔……还有脱硫单元、脱水脱烃单元、燃料气单元、凝析油稳定单元……

一个一个名词，一个一个术语。

他所做的工作，不过是这个处理站里系统性工作的小小一环：所有的管道、设备、仪器，组成一个巨大的系统，安全、稳定、严谨地运转着，并且输出天然气。而这些生产设施的运行维护，是不可或缺的一环。

　　一条条管道从沙漠腹地延伸出去，像是隐藏在地底的无数气龙。你看吧，那连绵起伏的沙海里，隐藏着无数道路。在道路的那一头，在那遥远的城市，是万家灯火。而在道路的这一头，是漫漫的沙海，是沙海里的气井，二十三口气井正在从地底源源不断地输出天然气；是沙海之中飘摇的一叶小舟，是一位位石油工人在大漠深处的日夜晨昏。

　　站在生活区公寓楼后面的沙丘上，苏路路可以看见连绵起伏的红白山。

　　红白山，维吾尔语意为"坟山"。这座山东西绵延一百多千米，像一条巨鲸，从西至东横卧在漫漫黄沙之中。由于地壳运动，红砂岩和泥岩组成的红山，与白云岩和石膏组成的白山一并露出地面，形成红白两种颜色的鲜明对比。红白山的隆起,阻挡了流沙的南侵,也形成了山体两侧不同的沙漠景观。

在红白山的南面,胡杨树林错落有致,地下还有水源;在红白山的北面,只有无穷无尽的风沙。

夜深后,月亮上来。

黄色的月亮挂在红白山上,月光洒在连绵的沙海。

苏路路站在那里看了好久,眼前巍巍壮观的景观,让他觉得天地辽阔,心胸也辽阔了许多。

他想起在塔指基地每天都要看到的一句话。那句话,后来在漫漫的沙漠公路上也迎头遇见——

"只有荒凉的沙漠,没有荒凉的人生。"

亲爱的朋友:

大地是什么形状?大地有崇山峻岭,山川河流,有漫漫平原,有风吹草低见牛羊。但是我在塔克拉玛干沙漠里,在和田河采气作业区,我看到的大地却只有黄沙,流动的黄沙。风是造物之手,风所及之处,沙漠被塑造出胴体般的优美曲线；光线也是流动的，阳光的照耀又为大地塑造出瑰丽的光影。大自然如此变幻莫测。千万年来，有人真正征服过大自然本身吗？答案恐怕是否定的。

是的，让我想一想，亲爱的朋友，沧海桑田之间，人类太渺小了。站在这沙漠里，不仅一个人太小了，连整个和田河气田都只是沧海中的一片树叶。如果放眼地球，这片沙漠可能也微不足道了。

朋友，如果我们再放大格局，就会发现，在太阳系里，我们的地球也只是一粒尘埃。要知道，太阳系所在的银河系更加浩瀚。银河系的直径至少跨越了十万光年的距离。银河系中的恒星更是数以千亿计。请想象一下，我们地球上的人类，在整个银河系里，又算得了什么呢？

我们在路上，司机师傅卡哈尔打了一个比喻。他说，在沙漠里，我们知道人有多渺小，人比塔克拉玛干沙漠里的一粒沙子还要小——搬开一粒沙子，你会发现一粒沙子下面站着一万个人。

这很有意思。朋友，我说这些并不是指我们的生活

没有意义。我在塔克拉玛干沙漠腹地，见到了一位位石油工人。我感受到了他们火热的生活。这让我知道，有一种英雄主义，就是在哪怕最遥远和艰辛的地方，即便知道了人类自身的渺小，也努力让生活开出灿烂的花朵。

又起风了。风里全是沙，灰蒙蒙的。

苏路路来的时候是冬天。沙漠的夜晚极度寒冷，经常零下一二十摄氏度。可师傅们说，这是一年当中最好的季节。现在苏路路相信了。在沙漠里，一年刮一场风，从三月一直刮到十月。刮风的时候，人也出不去。刮风的季节，大家都在屋子里待着。在一个寸草不生的荒漠，看不见一点绿色，人是很压抑的。

和田河气田不仅没有河，连一滴水都没有。连绵不绝的沙海里连胡杨和梭梭都长不起来。可是，就是在这样的地方，和田河采气作业区的几十个干部、员工，居然在寸草不生的沙漠中开辟出了一片绿色。

苏路路是听说的——那时候，为了种树，巡线工们想出办法，把农田的土拉回来。每次巡线之前，大家特意带一个空面粉袋，工作之余，装满一袋子泥土，带回作业区。许多人每每在巡检时，看到老乡种树，就会习惯性地想，这些树种，能在气田种活吗？

有了土，种树还是不容易，因为大漠里的风实在猖狂。白天刚栽下的树苗，一个晚上就被风连根拔起，或是被流沙掩埋。而且那时候，水也来之不易，一瓢水渗入树苗的脚下，连个影子都找不见。要知道，和田河刚建立那会儿，水还是从两百公里外的墨玉县运来的。

不过，大家跟风沙较劲，硬是让几百棵树苗在沙漠里扎下了根。后来又从废料库中找来旧管线修复焊接，又维修了一台排污泵，引来生活污水，用于浇灌树苗。

一年一年过去，如今，和田河采气作业区的周围形成了一排排的绿色屏障。苏路路听说，作业区的绿化面积超过了三万多平方米，种植各类树木一万九千余棵。

不刮风的时候，同事们会在晚饭后出来活动活动，大家围着公寓楼在院子里转圈和散步。出了大门左转，有一个体育馆，晚上挺热闹的。篮球、羽毛球、台球、乒乓球，啥都有。这个体育馆，在几百公里见不到人烟的沙漠里多么重要。总是要运动吧，运动一下，出一身汗，精神才能畅快。

体育馆旁边还有一个菜园。员工们会在大棚里种菜，因为里面恒温，四季温暖，是大家最爱待的地方。冬天，外面雪花飞舞，大家躲在菜园大棚里搞活动。一年四季，菜园里都能见到绿色；见到一点绿色，大家就会觉得生活充满希望。

菜园的旁边还有一口小小的池塘，大家给起了个名字："同心湖"。在这样荒凉的沙漠里有个水池子不容易。这个池子怎么建出来的呢？——这里原本有一个天然的沙坑，2016年，作业区的袁书记想利用这个沙坑建一个绿化水池，就把原来从山南接过来的原水管线，替接了一根水管线到坑里，又从大北[1]找来了防渗膜，在沙坑底部铺上，建好了这个水池子。

有了一个水池，整个作业区的人都很兴奋，大家吃完饭，没事就多走几步过来看一眼。就好像这是多大一面湖似的！其实，这个湖，面积不大，直径也就是二三十米的样子吧。但是，别看它袖珍，它的美丽丝毫不亚于杭州的西湖——员工们太热爱这个湖了，有人从

---

[1] 大北：即博孜—大北气田，位于新疆天山南麓，国家级重点工程。

遥远的沙漠里找回了枯死的胡杨树，又把一根根胡杨树枝立在池子的四面，这么一个袖珍的湖，就好像有了一个江南小园林的意境！

在和田河的一天又一天，苏路路的生活变得更加丰富。这个作业区并不大，但是似乎到处都是故事。还有一次，他在食堂里和同事一起吃饭，同事忽然问："你们知道我们这儿的豆腐是怎么来的吗？"

豆腐怎么来的？苏路路还真没有想过这个问题。

原来，和田河采气作业区远离城市，新鲜食材要每隔一段时间才能从两百多公里外的和田县城运来一次。豆制品的保鲜时限短，怎么才能满足干部、员工吃上新鲜又营养的豆制品呢？作业区的党支部书记袁征带队，从塔克拉玛干腹地出发，辗转昆仑山、天山，到最早自建豆腐坊的柯克亚采气作业区，生活服务质量受到塔西南干部、员工公认的博大油气开发部等地实地"取经"。返回后，党支部立即着手采购制作豆制品的机器。大伙挑了又挑，最终决定把和田河公寓周边的列车房腾出来，建了一间"沙漠豆腐坊"。

接下来，每天下班一得空，和田河采气作业区党支部和生活服务部相关人员，就一起钻进豆腐坊，研究起豆腐的制作工艺来。

起先，豆子和水的配比难以掌握，自磨的豆浆口感不是过稀，就是过稠。大伙耐住性子，摸索，调整，试验……最后，豆腐坊不但磨制出了浓淡适中、香醇可口的豆浆，还逐一探索出豆腐脑、豆腐的配比"秘籍"！大伙儿吃上了新鲜的豆制品，一个个兴奋得合不拢嘴。

苏路路记忆最深刻的，还有作业区的春节晚会。他是新人，当年春节大家就推举他来当主持，还出了个节目。除夕的晚上，晚会热热闹闹地在公寓楼三楼多功能厅举行，作业区的几十号人，包括乙方的同志一起，大家欢聚一堂，共庆新春佳节。苏路路和另两名新人一起，演了一个小品《有话直说》，模仿的是赵本山的节目，讲了一对油田夫妻的生活故事。尽管演出很成功，同事们也相当配合地爆发出阵阵掌声和笑声，但是苏路路自己认为，表演的时候还有些紧张，还有很大的潜力。

有时候，苏路路会去沙漠里捡石头。很多同事都有捡石头的爱好。不过，如果要说"爱好"倒还不一定，反正，"闲着也是闲着"。那么多石头捡来有什么用呢？说实在的，也并没有用处。有时候跟着巡线工去井上，或是去拍什么视频资料，顺路就捡上几块石头。

苏路路想，自己家在农村，从小读书到研究生毕业，都没有培养出什么特别的兴趣爱好来。这是一件美中不足的事。在塔克拉玛干沙漠的腹地，如果一个人没有什么爱好，那是多么枯燥乏味啊。

在前线工作，假期相对长一点。有的老师傅是干一月休一月。有时候缺人手，干一月休半月。半个月的休假，其实也挺奢侈的，有人回去陪家人，有人出去旅行。苏路路想多出去转转。最想去的地方，他也排过了，第一是海边，第二是草原，第三是青藏高原。很多地方还没有去过，他都想去见识一下。广告里不是说吗，人生就是要去见识风景。

说到爱好，苏路路最近正在学弹吉他。也是上次的春节晚会上，他发现很多老师傅平时沉闷得很，话也不多，没想到一个个身怀绝技。比如，有人会吹口琴，有人会吹萨克斯。你想象不到，有的人五大三粗的样子，弄起乐器来，还那么细腻。

这可把苏路路给羡慕的。他想：我也得培养一点爱好。于是，他就上网买了一把吉他。那把吉他寄到和田，市里有专人取快递。地址写别人的，手机号也是别人的，那人收到东西后，有车进沙漠里来，就顺路带进来了。苏路路很少在网上买东西。毕竟还是不那么方便。凑巧，三天就送来了，凑得不巧，得十天半个月的，这太麻烦了。

苏路路没有什么音乐基础。但这不要紧，作业区有一位老师傅，就是吹萨克斯的那一位。他在作业区里多少年了？他吹得多棒。世上无难事，只怕有心人。他天天练，月月练，年年练。以前，他怕声音太大，干扰到同事休息，就经常一个人带着萨克斯，走到远远的沙丘上去，对着无边的黄沙，吹他的萨克斯。

沙漠里的萨克斯，太孤独了！

好在现在上网方便，苏路路学吉他也方便。在沙漠腹地，他上网对着视频学，按弦，拨弦，扫弦。他一步一步来，慢慢学——不要紧，苏路路想，日子还长着呢。

等学会了弹吉他，他还想在作业区组一支乐队呢。

萨克斯、口琴、吉他，最好，还要有一个架子鼓。

名字都想好了，就叫"沙海乐队"。

亲爱的朋友：

"锦绣河山美如画，祖国建设跨骏马。我当个石油工人多荣耀，头戴铝盔走天涯。头顶天山鹅毛雪，面对戈壁大风沙。嘉陵江边迎朝阳，昆仑山下送晚霞。天不怕，地不怕，风雪雷电任随它。我为祖国献石油，哪里有石油，哪里就是我的家……"

朋友，以前我听到这首歌，内心不会有太大的波澜；今天当我再听到这首歌，不由得心潮难平。这些天里，我走过塔里木油田的许多油井、管线、站点，采访过许多石油工人，了解了许多他们的故事。

是的，塔克拉玛干沙漠深处的和田河采气作业区，是塔里木油田，也是整个中国石油工业上的一个小小缩影。和田河采气作业区里一名石油工人的故事，就是当下中国工人的故事。

黑夜过去，呼啸的风声停了。在这个早晨，我看到了美丽的朝霞出现在沙漠的东方。那朝霞是橘色的。这时候是九点多，太阳还没有升上沙丘。但是，东方天空里玫瑰色的霞光已经非常瑰丽了。

此时此刻，我多希望你也能和我一起，看见这壮丽的沙漠日出；我也多希望你能和我一起，在和田河，感受这壮丽的人生。

清晨，苏路路八点十分起床，在九点早餐之前跳操。每天如此。

在和田河采气作业区，员工每天都会集体跳操。

朝霞里的身影，充满激情与活力。

九点二十分，班车准时从生活区出发，运送员工去处理厂上班。

在天气好的时候，苏路路会与几位老师傅一起步行去处理厂。这段路，步行需要十五分钟。

这里的生活宁静、稳定，就像和田河的天然气一样，宁静、稳定，源源不断地输送给下游。

和田河是南疆利民工程的重要气源地，这里的天然气供应着南疆人民群众的生活所需。你看那和田河处理厂的钢铁骨架，屹立于塔克拉玛干沙漠腹地，在风沙漫漫中已经屹立了二十年。

苏路路告诉我很多故事，关于这个采气作业区的。比如，有很多老员工是从和田河作业区建立之初就驻守于此，"元老"级的雷本军，从三十岁来到和田河工作，一晃，已经二十年过去。

雷师傅的本职岗位是输气，除此之外，他还身兼维修工、采气工、司炉工、消防工、巡线工和清洁工。如此多的繁杂工作集于一身，雷师傅从不推脱。

在沙海，最难的就是巡线。按照排班，雷师傅每周要巡线一次。常常是早上七点多出发，第二天凌晨三四点才返回。

要知道，沙漠里一年中大部分时间都是风沙天。狂风裹挟着沙子呼呼地刮着，沙土像水一样流动，总是很轻易地掩埋测试桩。雷师傅的巡线工作，除了维护、检修设备外，很重要的任务就是扫沙。

很多次，在一个个荒无人烟的测试桩前，借着手电筒的微弱灯光，雷师傅和两三个巡线工一起，挥动着铁锹铲沙子。

在一次会议上，苏路路听到了雷师傅的事迹，内心充满崇敬之情。在苏路路看来，一个人一年两年坚持做好一件事，不算难；要十年二十年坚持做好一件事，真是不容易。

尤其是在和田河这样的沙漠深处。

"这时候我就想，我怎么会待在这种鬼地方！在青山绿水的地方多好啊！"有时候，同事们也会开开玩笑，但玩笑归玩笑，该干活时却从来都不含糊。

这些老师傅的故事，早已成为和田河的传说，激励着一位位新来的石油人。

苏路路有时候觉得，雷师傅他们的故事，也就是自己未来的故事。

有时苏路路也会加班，他会认真地向老师傅学习。

因为是新手，他时常手拿图纸，一条条管线、一台台设备研究过来。要是遇上什么不懂的，就找老师傅刨根问底。

和田河采气作业区实在过于遥远，出去一趟不容易。很多员工都是远离年迈的父母，远离年幼的儿女，日复一日、年复一年地坚守在这荒凉的沙漠里。

苏路路也听说了，还有前辈主动申请来到和田河采气作业区沙漠腹地的。有的女职工也和男同志一样，十几年如一日，在沙漠里摸爬滚打。

他们就像是大漠里屹立的胡杨。他们就是榜样啊。苏路路这样想。

尽管驻守在沙漠深处很孤独，很艰辛，但是一想到，这里的天然气会一直输送到千家万户，跟他们的日常生活联系在一起，苏路路就觉得所有的孤独和辛苦都值了。

苏路路对于"气化南疆"工程也很熟悉——

1987年，柯泽输气管道建成并投产。1992年，正式向泽普石油基地管输天然气，"气化南疆"工程出此拉开序幕。

2010年7月,作为"气化南疆"工程的延续和拓展,中国石油援疆"一号工程"——南疆天然气利民工程全面开工建设。

2013年7月,南疆天然气利民工程正式投产,串联起阿克苏、克州、喀什、和田等南疆各县市、乡村。

最近十年,塔里木油田更是持续扩大"气化南疆"范围,管网从投产时的2 424公里持续向前延展,并在盆地周缘形成环形覆盖,增至4 704公里[1],让八百万百姓从"柴煤时代"跨入"天然气时代"……

而和田河采气作业区,曾荣获过全国"工人先锋号"、集团公司"五四红旗团支部"等多项荣誉。许多次,和田河采气作业区还超额完成天然气、原油生产计划。

说起这些,苏路路还是感到非常自豪。

他常常会想起在塔指基地,当初入职培训时每天都要看到的一句话;现在,那句话也已经成为他的座右铭,

---

1 编者注:本数据截至2023年8月。

深深地镌刻在他的心里——

"只有荒凉的沙漠，没有荒凉的人生。"

一个年轻人，如果有机会能在和田河这样的地方工作和生活过，那一定是他一辈子里最重要的收获。

苏路路觉得自己已经爱上了和田河这个地方。

这里的每一座沙丘，每一棵植物，他都觉得亲切，觉得熟悉。"我要留在这里，与和田河一起成长。"

苏路路想，人生无非就是一场修炼。越偏远的地方，越可能做出成绩，从而实现人生的价值。

是啊，慢慢来，不要紧，路还长着呢！

寻纸记

夜深人静，黄宏健扪心自问，早知道造个纸都这么难，他一定不会来蹚这浑水。你看他现在，每天做什么——去山上砍柴，弄材料，打成浆，或者放进锅里煮，然后捞出来，在脸盆里晾干。他天天跟树皮、藤条、草茎子打交道，也不知道这事靠不靠谱。

最艰难的时候，他也想放弃。

半夜里，看见天上的月亮，在山里特别宁静。他慢慢地觉得心静下来，不那么急躁了。他想到，或许是某一种力量驱使他来做这件事的，这么一想，他也觉得好像没那么苦了。

一页纸，在光线下显出温柔的质地。

我与它相见，是在浙江西部一个叫开化的山城，一条清婉的马金溪的旁边，一座有古老樟树的村庄里。我特意到那里去看纸。

也许是天然对纸有一种亲近吧，我去过很多地方，只要听说有手工纸，都会去找一找，看看造纸的手艺，聊聊纸的故事。听说开化有一种极为特殊的手工纸，便忍不住按图索骥地寻去了。

是在盛夏——阳光热烈，到老樟树底下路口右拐，看到一个院子。遂叩门。木门"吱呀"一声打开，小院子里铺了一地阳光！

定睛细看才发现，那是一地的纸。

纸上，盛满了灿烂的阳光。

到开化访纸，访的不是普通的纸，而是一种珍贵的"桃花笺"。

"开化纸系明代纸名，又称开花纸、桃花笺。原产于浙江省开化县，纸质细腻，洁白光润，帘纹不明显，纸薄而韧性好。可供印刷、书画或高级包装之用。清代的康、乾年间，内府和武英殿[1]所刻印图书，多用此纸，一时传为美谈……"

去年，我买了一本定价高昂的书《中国古纸谱》，是我所有藏书中最贵的一本——其中就提到了"开化纸"。

我们现在，还能遇到这种纸吗？

不不不。"开化纸"早就失传了。它只存在于典籍中。

"'开化纸'原产地在浙江省开化县，史称'藤纸'，其工艺源于唐宋，至明清时期趋于纯熟，是清代最名贵的宫廷御用纸，举世闻名的《四库全书》就是用它印刷的，其质地细腻洁白，有韧性。然而由于种种原因，开化纸已失传百余年……"

纸的种类有很多。造纸的原料、工艺，也很多。譬如，

1　武英殿：始建于明初，位于故宫外朝熙和门以西。康熙年间，首开武英殿书局。康熙十九年（1680年）在这里设立修书处，负责宫廷中刊印、装潢书籍的事务。康熙四十年（1701年）以后，武英殿大量刊刻书籍，使用铜版雕刻活字及特制的开化纸印刷，字体秀丽工整，绘图完善精美，书品甚高。

楮皮纸的纤维较长，自古以来常用于书画创作。楮皮纸也比较坚韧，让书画作品可以长久保存，人们修复古籍、书画时，也往往会用到楮皮纸。

我的同学丹玲曾经从她故乡贵州省合水镇千里迢迢地寄了一些手工纸给我。那纸真好，坚韧绵实，细腻白泽，折一折也不起皱纹。我舍不得用。

我还曾买过四川夹江的竹纸。有一年，我从网上买了一大摞，是从四川夹江县寄出的。堆在书房里，有竹林雨后的气味。

还有一次，我在日本京都买到一些精美的笺纸。后来也舍不得用。如先贤所说，越美丽的纸，越不敢草率使用。有些漂亮的信纸，一直保留着，随着时间的流逝，竟染上些寂寥的色调了。

木门开处，黄宏健蹲在地上，他手里举着一张纸，逆着阳光眯眼细看。阳光洒了他一身。

举着一张纸，像举着……什么呢，手帕？经文？我形容不好。只觉得眼前这个人如痴如醉。

他在读什么呢？

那不过是一页白纸，上面什么都没有。

有时候我想，当一个人沉醉于某人、某事或某物时，他一定是世界上最幸福的。

我看着黄宏健读白纸，觉得这不是一个平常人。平常人哪里会这样痴呢？他在白纸上，于无声处，是要读出惊雷的。

曾经怎么着他也算是小镇上的有为青年吧——敢想敢闯，脑子活络，做什么都做得风生水起。比方说吧，十年前，他在开饭店；再往前，他打井；再往前，他开过服装店，开过货车跑过长途，也下苏州办过家具厂——哪里就跟纸有关呢？

他甚至连"开化纸"也没有听说过——什么开化纸？什么桃花笺？

他开的小饭店，在小镇上还有些名气，菜烧得入味。不知道哪天，有一群人在饭桌上聊到纸。黄宏健年轻呀，跟谁都能打交道，都能聊得起来。他烧完了菜，从后厨出来，解下围裙，客人叫他坐下，喝杯酒，他便坐下了。小饭店总是这样，来来去去，都是些熟面孔。两杯啤酒下肚，黄宏健听人说开化纸，颇不以为然：开化以前还造纸吗？

人家说，这你就不知道了吧，开化纸，搁在从前那是国宝啊！

国宝？黄宏健一听来了兴致，这么好的东西，现在呢，还有吗？

人家摇头：没了。

可惜。

不仅没了，连一个懂行的师傅都找不到——这个绝活，失传了！

就这么随随便便问了一句，没有人能想到，许多年后，黄宏健却埋头走上了寻纸的道路。

这是一条几乎没有人走的路啊。你傻呀——这是一条孤独者的路。风雨交加,泥泞不堪,你踽(jǔ)踽[1]独行,你的前面你的后面,都没有一个人。

黄宏健哪里懂得造纸呢?人家笑他,你又不是个读书人。书没读过几页,纸也没摸过几张,你要学造纸干什么。

不如你找点擅长的事情做吧——人家说,你卖服装、搞水电、打井、开饭店,不是都很精通吗,做自己擅长的事才能挣钱,千万别去折腾什么纸了!

但是,当一个人想要做一件事的时候,没有什么可以拦得住他。

黄宏健的小饭店,跟别家不一样,他的小饭店里常有些文人来,文人来了就写字画画。自从听人说过开化纸的事,黄宏健就着了魔,异想天开,想学造纸。

造纸还不简单吗?把稻草竹浆捣碎,沥干,就是纸。从前外婆带他认过一些中草药,他从小也在山野中长大,

---

1 踽踽:形容一个人走路孤零零的样子。

造纸还能比炒菜开店更难吗？

他把小饭店交给妻子打理了，自己东奔西跑，走上了造纸之路。邻县邻省，只要听说哪里有造纸的作坊，哪里有懂得造纸手艺的老人家，他都去拜访；甚至听说哪户人家祖上造过纸的，他也会辗转寻去，跟人聊聊。

方圆两百公里内，只要跟纸有关的，他都跑遍了。

回到家，他就窝在角落里搞实验。

他的"科研"器具，是一口高压锅。

小饭店不是还开着吗——他有时躲进后厨，一口锅里炖着鸡，另一口锅里煮着纸。

那时，他不知道这条路有多难。他只是满腔热情，一怀兴奋。他要早知道造纸那么难，水有那么深，估计早就不肯玩下去了。

比什么跑运输、办厂开店、打井、做厨师都难！难上一千倍、一万倍！

有一次，他去了省城[1]，到浙江省图书馆查书。他

---

[1] 省城：省会；省行政机关所在地。一般也是全省的经济、文化中心。

想看看用"开化纸"印的古书是什么样子。书调出来，他一看，好似被当头泼了一盆冷水，浑身冰凉。

他这才知道，自己造的那是什么纸呀，手纸还差不多。从前的"开化纸"什么样？你看一看，摸一摸，就知道了，什么才是国宝！

要换了别人，一定放弃了。

但黄宏健这人"轴"[1]啊。他觉得，他造纸，可能是命中注定的。否则，他小饭店开得好好的，怎么突然就对造纸这件事痴迷了呢？

从图书馆回来，他居然搬回来不少书——《植物纤维化学》《制浆工艺学》《造纸原理与工程》《高分子化学》，等等，还有砖头一样又厚又沉的县志、市志。

为了一门心思造纸，他一冲动，把饭店关了。

他想，人家蔡伦能发明纸，他怎么就不能造出"开化纸"呢？

1　轴：方言，形容脾气犟，执拗。

2013年，他进山研纸。

为什么要进山，是因为家里地方小，摆不开摊子。他在山里整出个地方来，有个腾挪空间。

结果，没承想，光是造纸这件事，一年就花掉了三四十万元。

这是他没有想到的。造个纸，怎么那么费钱？能不费嘛，全国各地奔来跑去，看人家怎么造纸，听人家讲故事，也去拜望专家，上北京下广州，能跑的地方都去了。

造纸这件事，了解越多，研究越深，他越觉得压力大，差距大，造出"开化纸"几乎还是遥不可及。

黄宏健迁居山中的地方，离村子三公里路，算是远离了人间烟火。夫妻两个人进了山，村民都说这两人是傻了，有钱不好好挣，不是傻吗？

傻就傻吧，他们不怕别人说闲话。就是屡试屡败、屡试屡败，让人看不到出路。

夜深人静，黄宏健扪心自问，早知道造个纸都这么难，他一定不会来蹚这浑水。你看他现在，每天做什么——去山上砍柴，弄材料，打成浆，或者放进锅里煮，然后捞出来，在脸盆里晾干。他天天跟树皮、藤条、草茎子打交道，也不知道这事靠不靠谱。

最艰难的时候，他也想放弃。

半夜里，看见天上的月亮，在山里特别宁静。他慢慢地觉得心静下来，不那么急躁了。他想到，或许是某一种力量驱使他来做这件事的，这么一想，他也觉得好像没那么苦了。

"开化纸"到底有多神秘？

有人认为，"开化纸，几乎代表了中国手工造纸工艺的高度。"

这句话也不是平白说说的。近代藏书家周叔弢就认为，乾隆朝的"开化纸"，是古代造纸艺术的"顶峰"。在古典文献领域，"开化纸"是一个极常见的概念，许多精美殿本[1]古籍的介绍资料中，常能看到"开化纸精印"这样的描述。

"蔓衍空山与葛邻，相逢蔡仲发精神。金溪一夜捣成雪，玉版新添席上珍。"

这首《藤纸》诗，是清代诗人姚夒（kuí）描写"开化纸"的。

商务印书馆董事长张元济在1940年3月的一篇文章中不无遗憾地写道："昔日开化纸精洁美好，无与伦比，今开化所造纸，皆粗劣用以糊雨伞矣。"

"开化纸"失传已逾百年，加上古时"开化纸"的制作技法从未在文献中记载过，所有的工艺只靠历代的纸匠口耳相传，秘不示人。所以，想要恢复"开化纸"，其难度真不亚于登蜀道。

在山里的那些个夜晚，隐于山间的黄宏健到底是如何挨过一个个不眠之夜的，我们已无从得知。唯有山野

---

[1] 殿本：全称"武英殿本"。清代的官廷刻本。因刻印书籍的机构设在武英殿，故名。刻工精整，印刷优良，在历代刻本中别具面目。所刻除经史著作外，多为官修大书。

的清寂、蛙鸣、夜鸟的悠远啼叫，一波又一波地涌进简陋的房间。

直到一种植物"莜（ráo）花"的出现。

在寻访中，黄宏健得知，从古代一直延续至20世纪80年代初期，在浙江省开化县及江西省上饶县、玉

山县地区，每年有采剥莞花、官方采购的惯例。

荛花是什么？继续探究，发现荛花是开化县土称"弯弯皮""山棉皮"，玉山县土称"石谷皮"的一种植物。老辈人口传是用于造银票的，后来用来造钞票。

于是黄宏健按浙江、江西的中草药词典，开始对荛花开展种类、储量、分布、习性等的调查。

经过多年的田野调查和反复试验，黄宏健渐渐厘清了"开化纸"的原料构成和制作流程。造开化纸最好的原料是荛花中的北江荛花，这种在高山上广泛分布的植物，正是"开化纸"的主要原料。而且荛花有一定的毒性，用其制成的纸可防虫蛀，千年不坏。

山重水复疑无路，柳暗花明又一村。

2014年深秋，黄宏健写下一首诗："世闻后主名，未谙南唐笺。纸里见真义，欲辩已无言。"

有人跑去深山里看他。在那幢深居山中的土房前，黄宏健眼里的期盼，令人过目难忘。

终于，独行者不再孤独。2013年11月，由黄宏健等人发起成立的开化纸传统技艺研究中心，获得了县委、县政府的支持。

在开化山城行走，我有时不免会惊讶，觉得这座小小的山城，为何藏了许许多多的传奇。

在乡野，在市井，一张迎面而来、神情淡然的面孔背后，说不定就有着非凡的经历与故事。

有一次，黄宏健终于进入国家图书馆专藏室，与文津阁版《四库全书》相见。戴上手套，他摩挲着用开化纸印成的古籍，一时之间，百味杂陈。

古籍的修复，已是一件刻不容缓的事。

目前普查发现，我国现存的古籍约五千万册，其中有一千五百万册古籍在加速氧化、酸化，出现损坏，亟待修复，古籍保护事业时不我待。

要修复中华古籍，就要用中国最好的传统手工纸。这样的手工纸到哪里去寻？

"开化纸"！

我时常会记起，去年夏天我推开小院木门的情景。

"吱呀"一声，木门开处，一地阳光。原来，是一页页的纸，盛满了明媚的阳光。

小院内，有一座不大的展厅，展厅里陈列着几件宝贝。黄宏健领着我一边观看，一边解说。

心系中华古籍保护事业的中国科学院院士、专家加入这项特别有意义的事业中来，在开化纸传统技艺研究中心组建了院士工作站。院士工作站启动之后，"开化纸"的复兴，有了重大进展。

科技的力量，为"开化纸"的复兴插上翅膀。皮料打浆工艺、漂白工艺得到创新、改良，设备也得以提升，工作效率也更高了。终于，黄宏健他们研制出来的纸张成品，越来越接近"开化纸"的古纸。

此外，纸浆除杂、帘纹攻克——这两道造纸过程中最复杂的技术难题，在中国科学院院士、专家的指导下也迎刃而解。

2017年，在开化纸制作工艺及开化纸本文献国际学术研讨会上，专家依据最新检测的纸样认为，复原的纯荛花"开化纸"，寿命可达两千八百二十五年！

纸寿千年，这是一页纸所能承载的所有荣光。

随后，国家图书馆、浙江省图书馆纷纷伸出援手——有意采购"开化纸"用于古籍修复。

专家说，这才是"开化纸"应该有的样子。

纸是什么？

纸是用来写字的，是用来传承文化的，还是用来接续文明的？

如果没有与一页纸相遇，青年农民黄宏健应该还会继续开饭店，或者打井。

他时常会记起自己隐居在山中的那几年。他觉得那几年，自己的生活也像一页白纸，那么干净，那么纯粹。

尽管，那几年是他一生中最孤独的时刻。

我想，每个人的一生中，都有一个或几个这样的"孤独时刻"。用不同的方式度过，则成就了不同的人生。

　　因此，关于黄宏健的那几年，或者我们也可以这样说——

　　有时候，是一个人造出一页纸；

　　有时候，是一页纸照亮一个人。

家在白云间

老婆婆忍不住问,这房子眼看就要倒了,还修它干吗?修好也没人住啊。

牛思贤笑了,房子倒了可惜,修好以后,城里人会来住。

老婆婆直摇头。后来她就让牛思贤去她家看孵小鸡。牛思贤从来没有见过小鸡是怎么从鸡蛋里孵出来的。去了一看,高兴极了,原来是老母鸡在竹筐里抱窝,肚子底下耐心地拢着二十来颗鸡蛋。他跟老婆婆说:"以后我每天都要来拍一张照片!"

一

老婆婆拄着拐杖，大清早就笃笃笃地来找牛思贤。老婆婆说："你不是想要看孵小鸡吗，快来看，今天就要出壳了。"牛思贤忙应了一声，跟着老婆婆就往外走。

牛思贤跟老婆婆第一次见，是在村道上。当时，老婆婆惊讶得张大了嘴，这大山里，半年都见不到一张陌生面孔，这后生[1]不像是我们白云村的人呀。她盯着牛思贤看了半天，"伢儿，能不能帮我换个灯泡？"

老婆婆家是典型的山里人家，老房子，泥墙屋，简单朴素，但收拾得干净。换好灯泡，牛思贤就在屋前石头上坐了一会儿。这个小村庄太美了。一座座白墙黛瓦的老房子，四周竹木掩映，鸟鸣一串一串的，云也一串一串的，鸟儿排着队从山冈上飞过，云也排着队从山冈上飘过。怪不得村子名叫"白云"，真是好名字。

这眼前景象，跟老家甘肃完全不一样。到底，一个是西北，一个是江南。

---

1 后生：青年人；后辈。

生于1992年的牛思贤，大学读的是酒店管理专业，先在北京工作，后来又来杭州发展。在杭州，他看到有家民宿[1]在招聘管理人员，就好奇地试一试。就这样，来到了白云村。

一进村，他就喜欢上了这里。

首先是满眼的绿意。其次是村庄的原始古朴。那么多的老房子，有的还是石头砌成的，不多见了。可惜主人外迁，很多房子年久失修。牛思贤想，那些破旧的房子，如果经过良好改造，说不定会焕发新的生机。他思前想后，决定在白云村留下来。

换好了灯泡，老婆婆连声道谢，还要给牛思贤让茶。牛思贤连连摆手，说不用。他又说，这爬高下低的事情，以后随时可以找他。他就住在村道下方，那个改建老房子的工地上。

后来，他们又在村道上遇到过两次。有时老婆婆还

---

1 民宿：利用民宅建设的小型旅馆。

会到工地来看看，不知道是看他呢，还是看老房子。有一次，老婆婆忍不住问，这房子眼看就要倒了，还修它干吗？修好也没人住啊。

牛思贤笑了，房子倒了可惜，修好以后，城里人会来住。

老婆婆直摇头。后来她就让牛思贤去她家看孵小鸡。牛思贤从来没有见过小鸡是怎么从鸡蛋里孵出来的。去了一看，高兴极了，原来是老母鸡在竹筐里抱窝，肚子底下耐心地拢着二十来颗鸡蛋。他跟老婆婆说："以后我每天都要来拍一张照片！"

二

村里有六十多幢老房子，有的就要倒了，有的已经塌了半边。施工队一点一点地修。牛思贤眼见着修老房子有多不容易，几乎比建新房子还难。

村里有一幢老屋，门楣[1]上四个大字："旭日东升"。

1　门楣：门框上的横木。

村里的老屋，家家都会在门楣上写几个字：旭日东升、奔向四化[1]、抬头见喜、鸟语花香……一幢一幢看过去，好看极了。有的房子，虽半边坍塌，里头的木结构仍然完整，要废弃掉，多可惜。

"旭日东升"是村里最老的建筑。十年前，房子里的两位百岁老人去世，此后无人居住，房子就破败下来。为了重修这栋房子，工人保留了房屋外观原貌，把原来石墙的每块石头都编了号，一块块拆下，做完加固和修补后，再按编号一块块垒回去。

牛思贤走过"旭日东升"前，看见矮矮的石头围墙里面有个小院子，落地玻璃窗里是个小茶室，茶室里放着一张沙发，客人来了，坐在那里喝茶，能沐浴一身的明媚阳光。如果是下雨天就更好了，茶室外面有一丛芭蕉，雨点"啪嗒、啪嗒"打在芭蕉叶上，好一幅《听雨图》。

这三四年，村里的老房子一栋一栋地"复活"过来，

---

1 四化：即"四个现代化"，指工业、农业、国防和科学技术的现代化。

重焕生机。先是有十一栋老房子改造好，内部装修完成，投入试运营。之后又有十一栋房子在逐一改造。这些房子变成了明亮的民宿、餐厅，变成了雅致的茶室、阳光房、客厅。你都不知道客人是从哪里冒出来的。从上海来的，从杭州来的，从广州来的，从南京来的，拖着箱子，背着行李，穿过弯弯绕绕的山路，在这山野之间住了下来。

本来眼看要倒掉的房子，没人住，也没人去修。现在有人帮着修好，还每年给钱，这样的好事，对村民来说，哪里找去？

就这样，牛思贤留在白云村当了一个民宿大管家。他对村里的一草一木也慢慢熟悉起来。两年下来，他知道了路南的哪棵梨树先开花，知道了路北的哪棵板栗树果实最香甜。他让人在每一堵低矮的石墙边都种上佛甲草，到了四五月份，小小的佛甲草会开金黄色的小花，一开一大片，让人每次看到，都想拍几张照片。许多老房子的墙角，都长着一丛茂盛的芭蕉，很多是从前就有的，一直保留下来，每到下雨天，特别有江南的韵味。

听着雨打芭蕉的声音，牛思贤已经不羡慕那些在大城市工作的同学了。很多同学看到他发的白云村的照片，反而开始羡慕起他的生活。

三

一对上海夫妻来到白云村，住了三天，不想走了。白天在村子里闲逛，遇到虎根老妈。虎根老妈说："走，到我家吃茶去。"就领着客人走过弯弯绕绕的台阶，一路看草看花，去她家吃茶了。

茶是山上的野茶，泡出来很香。虎根老妈又把番薯干端出来给客人吃。客人要付钱，虎根老妈一拍围裙："哎哟，我们山里人自家的东西，要什么钱啊！"

虎根老妈的话发自内心。以前村里拢共二三十张老面孔，走来走去，碰见了，也是说几句翻来覆去的话："早饭吃了？""吃了！""晚饭吃了？""吃了！"

现在头一抬，说不定就碰到一位陌生的客人，满眼都是好奇。"哎呀，这是麦子吗？""这是水稻。""这只鸭子长得真大！""这是大白鹅呀。"这时候，山里人的见识，发挥出了作用。总有人喜欢听他们讲故事，讲大山里的事，田地里的事，还有过去几百年几十年的旧事。只要客人爱听，山里人就爱讲。

村里老人，现在也在民宿里帮忙。卫生清洁，种瓜种菜，或是修剪花草，厨房杂务，一个月有三千多元的工资。山里人六七十岁，身体还硬朗着，有时肩上扛一把锄头就上山了，爬山的速度，年轻人都赶不上。

春天里，好竹连山觉笋香，遍地都是粗壮的笋。山里人用编织袋装好，整袋地扛下来。牛思贤见了，就说："这笋好哇，扛到民宿里来，我们都收了。"

这座小山村，始建于唐末。四面青山环抱着百亩平畴，只有一条山路依着一条溪流，劈开群山出深谷。这里的冬笋和春笋都多，运出去很费劲，卖不掉，村民只好晒成笋干自家吃，吃不掉的，就任由它长成竹子。

现在客人来了，看见村民的笋，整袋就买了，放进汽车后备厢。客人吃了笋，觉得笋鲜美；吃了土鸡煲，

觉得土鸡鲜美；吃了野茶，觉得野茶鲜美。这样的土货山货，大城市里哪儿买得到哇！

也有客人找牛思贤打听："山里还有啥好东西，你给介绍介绍。"牛思贤就说："这个简单，你随便走进一家,问一问,保准都有好东西。"

这两年,山民家里的笋干,都给客人买走了;竹林里跑的母鸡,也给客人买走了。山民高兴之余,才知道,原来自家的土货那么抢手。

四

牛思贤现在也是白云村的人了——他越来越喜欢山里的生活。

老支书那天来问他，路南的这十几栋房子改造好了，路北的这些房子，啥时候能完工？

这两年，老支书眼看着白云村一点点发生变化，越来越生机勃勃，私下里也感慨。以前，老支书有时候会想，如果没人来白云村，也许再过十来年吧，这村子会不会消失掉？现在，他不担心这个事了。

白云村有了新村民。山里的房子整修好了，房前有院有田，屋后有山有水，想要种水稻栽南瓜都可以。有城里的客人来住过几次，就萌生了留下的念头，干脆签下房子二十年的使用权。现在你吃过晚饭，在村道上散散步，迎面遇到的常常有新面孔，他们都是白云村的新居民了。

那天，我和牛思贤、老支书一起喝茶。正是六月的雨季，远处群山笼着一层雨雾白纱，几只白鹭在田野间起落蹦跶。屋檐水从瓦背淌下来，哗啦啦，哗啦啦。

老支书说，白云村呀，历史很悠久的。从前的人啊，进山出山，都不容易，有一条古驿道，一直通到白云间。

黄坞坪、大坑溪……跟着一个个地名，我们的思绪，一直飘到那白云间去了。檐廊外面的雨还在下，雨点打在瓦背上，打在芭蕉叶上，滴滴答答，噼噼啪啪，使人产生悠然世外之感。

我听着雨，觉得这雨水真好。山里的雨水浇灌万物，生生不息。山间的白云，走走停停，也是如此。

在稻田听见鸟鸣

现在，朱院士就行走在我们稻田的田埂上，脚步惊起草丛中的鸟群。他指着杂草茂盛的田埂说："这个样子就非常好，这就是保持生物多样性。在这个小环境里，杂草有了，昆虫也来了，鸟儿也来了。这对于环境的健康非常重要。"

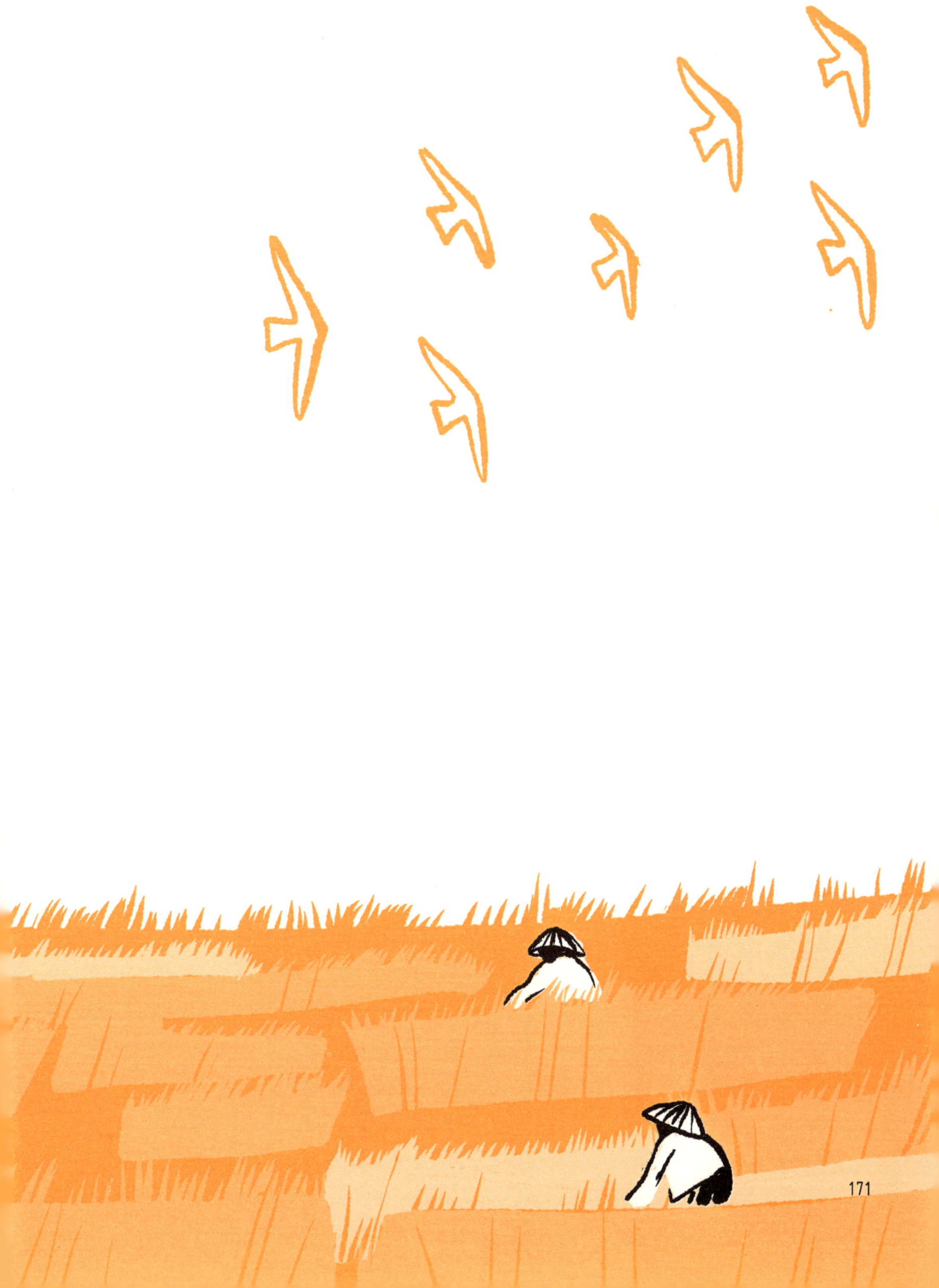

水稻田里一片金黄。秋风凉爽，送来谷物成熟的气息。下午三点后，我陪朱院士在老家的乡间小道漫步。穿过板栗树林，前面一片油茶树，又一片胡柚树，他对这一切都感兴趣，不时驻足看看摸摸。路边一小块裸露山体，他取了一块石头，敲敲打打，说这是沉积岩，又松又脆。

转过两个弯，一大片水稻田便呈现于眼前。田边有农人捆扎稻草，也有农人正挖红薯。我们下了坡。今年天旱，地里的红薯不算大。朱院士也饶有兴致，他挥舞锄头，一锄头下去，泥土里滚出几个浑圆的红薯来。

乡间的宁静，除了农人劳作，与我们聊天的细微声音，便只有阵阵鸟鸣在天地之间。红薯地旁边的灌木丛中，身形小巧的黄鹂上蹿下跳，发出欢快的鸣叫。两棵乌桕树已然落叶，枝头挂着串串白色果实，许多小鸟也在枝头跳跃鸣唱。乌桕树在秋天尤其好看。在水边，乡下也常有零星几棵乌桕树，树影婆娑地倒映水中，如画。枝头总是有许多鸟儿来来往往，画眉、喜鹊、大山雀、戴胜，都喜欢在乌桕树上啄食果实。

相比之下，鸟儿最大的乐园，应该是眼前这辽阔的稻田了。稻谷成熟，尚未收割，阳光下一片灿灿的黄色，成群的椋鸟还是麻雀，从稻田上空"呼啦啦"地掠过，又"呼啦啦"地停歇，起起落落之间，仿佛是群体的游戏，也仿佛是鸟儿们庆贺丰收的盛典。一年之中，鸟雀最开心的应该是这个季节吧，地里有粮，心中不慌。大地向来慷慨，对于动物，大地山野都会在这个时节捧出丰美的食物。植物显然与鸟雀已达成互惠共识，植物奉献果实，而鸟雀则将它们的种子带到更远的地方。

鸟儿们的歌声，请原谅，我无法用准确的文字记录下来。路过一棵枳椇（jǔ）树，有农人执竹竿敲落果实，那一串串的果实我们乡间叫作"鸡爪梨"，有解酒功效。我们向农人讨了一些来吃。尚显新鲜的果实仍很生涩，而风干的部分则已十分甘美。朱院士对这个果实很感兴趣，我们吃着枳椇，也举头望树，这树生得高大。平日里，枝头落满鸟儿，只要枳椇成熟的部分，一定会有鸟儿来啄食。这高大的树，农人并不会把果实都摘完，大半还是会留在枝头，任它风干，任它给鸟儿啄食。这又令我想到，在我们乡间，农人门前树上的柿子也常常并不摘完，在深秋里，柿叶都落光，枝头还有几个柿子高挂，通红通红的，很是好看。这样几个通红的柿子，总能引得成群的鸟儿栖息，想必柿果已是十分成熟，轻微发酵，散发出甜蜜醉人的气息。朴素的农人常常会这样，特意在枝头留几颗果实，也说不上特别的缘由，或许是一种习惯，或许是说留几颗看看也好，或许是说留给鸟儿吃吧，管它呢。

  我和朱院士就这样散漫地走着，走到稻田中间。朱永官，中国科学院院士，环境土壤学家。他曾获国际土壤科学联合会李比希奖[1]，也是首位获此殊荣的亚洲学者。朱院士的研究方向，是土壤的"健康"——他说："只有健康的土壤，才有健康的食物。"他曾在中央电视台的节

---

[1] 国际土壤科学联合会李比希奖：设立于2006年，以纪念十九世纪杰出的科学家和教育家李比希（Von Liebig），旨在表彰土壤学应用研究方面的杰出科学家，每四年评选一次，每次一位科学家获奖。

目上说，土壤是地球的"皮肤"，它不但为植物与动物提供良好的生态环境，也为人类提供良好的生活环境。

现在，朱院士就行走在我们稻田的田埂上，脚步惊起草丛中的鸟群。他指着杂草茂盛的田埂说："这个样子就非常好，这就是保持生物多样性。在这个小环境里，杂草有了，昆虫也来了，鸟儿也来了。这对于环境的健康非常重要。"

这几百亩的水稻田，我们都是这样的种植之法，不用除草剂，不用化肥农药，只施用生物发酵的有机肥来。一年一年下来，土壤也变得肥沃一些，稻谷会更好吃。朱院士说："土壤'吃'了什么，人类就吃了什么。因此必须重视土壤健康，包括肥料的使用、土壤中各类化学元素的含量、微生物的组成等。"他还说："我们要倡导一种理念，'把健康融入食物的全生命周期'。"

"不管时代怎么发展，唯有食物不可替代。"我们在田埂上行走，田埂外边，一条南门溪缓缓流淌，溪水清清，土岸上芦苇飘摇。"这样的景色太美了！"朱院士说，人类现今面临三大挑战，一是气候变化，二是生物多样性消失速度加快，三是化学污染；而要解决这三大挑战，只有两个途径，一是可持续性生产，二是可持续性消费。只有这样，才能实现人与自然的和谐相处。

我们的稻田里，如今也是这样和谐。泥鳅、黄鳝多起来，春夜里，农民打着手电下田捉泥鳅；稻田翻耕时，无数白鹭跟随耕田机飞舞，起起落落，身影翩翩，捕食蚯蚓与泥鳅。听说这些场景，朱院士也高兴，他说，这样的耕作方式，就是对土壤、环境的友好与尊重。

这样一个宁静的午后，跟着朱院士在稻田间行走，心情悠然自在，似乎我们也是那"生物多样性"里的一部分了。我从稻穗上捋一小把稻谷，像鸟儿那样生嚼起来。这吸收了一夏与一秋阳光和雨露的果实，果然是人间至美的味道。我相信对于鸟儿们来说也是如此。它们在柿树的枝头，在乌桕与枳椇的枝头，这样享用自然的果实。成群的椋鸟还是麻雀，从稻田上空呼啦啦地掠过，发出愉悦的声音，我似乎也是那群体里的一只。

酱园机密

　　米醋的成熟，最重要的因素就是气温。小暑，七月，开敞的制醋车间闷热得很，一会儿杨师傅就衣衫湿透了。

　　但这也是醋生长的最佳时间。一年当中，最热的时节恰也是最佳的做醋时刻。每一缸醋都在快速地生长，缸里面热热闹闹地，酝酿着一场变局。

江南七月。小暑。太阳底下酷热难当，温度计已经爆表。

"开耙师傅"杨国英，在五味和做玫瑰米醋十年了，她满头大汗，正把一个个巨大的草缸盖搬到场地里去晒。

经过六个月的生长，米醋要成熟了。整个厂区到处都飘荡着醋香。

草缸盖这个东西，很奇妙，能藏潮，能长菌，非得用这个不可，也非得每天搬出去晒一晒不可。搬了三四个小时的缸盖，然后，她开始"开耙"。

"开耙"是个技术活，直接影响着醋的风味。什么时候开耙，什么温度开耙，开耙的力道如何，都是开耙师傅经验累积的结果。

在开耙之前，杨师傅先闻一闻香，摸一摸缸。可能这也是一种仪式。摸一摸缸，就知道手上的冷暖。闻一闻香，就懂得每一缸里的秘密。

开耙，就是把一把木耙伸到醋缸子里去搅动。每一缸要搅动六次。每一次搅动，要让整个缸里的液体翻动起来，带动米渣，在缸内旋转。在这个巨大的场域里，每天有两千多缸米醋要开耙。

每一个巨大的缸体，都是一个小宇宙，隐藏着天地之间的自然哲学，也隐藏着每个杭州人的味觉机密。

"我们家最爱吃玫瑰米醋了。"杨师傅说，早上吃小笼包、馄饨，都喜欢多倒点醋。她的拿手菜是糖醋鱼，女儿最爱吃了。两个女儿的口味差不多，最爱妈妈的手艺，放假的时候，人还没到家，电话先到家了："妈妈！给我们烧一个糖醋鱼吧！"

杨师傅烧糖醋鱼，几十年了，一直用的是玫瑰米醋。

这也是一家人的味觉机密。

杨师傅做醋十几个年头，现在已经是车间里的老师傅了。后面进来的人，都是她手把手地带徒。有的人以为，这份工作没啥技术含量。实际上外人都不大知晓，在五味和这样的老牌子酱园，最关键的技术力量，正是一大批的"头脑师傅"。

在酱园，最厉害的，也是工资最高的，就是"头脑师傅"。老底子[1]里的酱园，资本雄厚的，才请上一位"头脑师傅"。当年的恒泰酱园了不得，一下请了两位"头脑师傅"。

如果酱园老板的工资是十两银子的话，那么"头脑师傅"就得二十两银子。

恒泰酱园是杭州的老字号。1881年成立后，随着时光流转，变成了现在的浙江五味和食品有限公司。五味和旗下，拥有两个国家级老字号品牌——湖羊牌酱油、五味和糕点，还有中国"四大名醋"之一的双鱼牌玫瑰米醋。

传统地道的"杭州味道"里，醋啊酱油啊这些东西，是相当讲究的。

比方说，杭帮菜的烹饪大师就说过一句话："做西湖醋鱼这道菜，鱼可以换，醋不能变。"

做西湖醋鱼，一定要用的双鱼牌玫瑰米醋。

---

[1] 老底子：方言。从前，原来。

除了西湖醋鱼，杭州的名菜宋嫂鱼羹、蟹酿橙、糖醋排骨等，如果换了别的醋，一尝就知道，味道不对了。

再比方说，杭州人十分熟悉的家常菜，油爆虾，你试试别的酱油——就是做不出来那个熟悉的味道，必须用湖羊牌酱油"蓝袋鲜"。

杭州人都喜欢吃的酱鸭，用别的品牌的酱油，这个酱香就没有了；出来的酱鸭，就不是老杭州味道。酱鸭、酱香肠，老杭州人都知道，要用这个看起来朴素极了的包装，酱香浓郁的，"蓝袋鲜"。

说起来，这也不是这个酱油、这个醋有多牛，而是这个酱油、这个醋的味道，已深深地融入大伙儿的味蕾，成为味觉记忆了。

一旦成为穿越时光的味觉记忆，那还有什么可以代替的吗？没有了。

"味道"是一种记忆，也是一门科学。在酿造领域，传统工艺科学化的过程涉及很多专业。单是一个学科，做不了这个事。

中式烹饪里，有些东西是非常微妙的。

这些秘密，其实都藏在"头脑师傅"的肌肉记忆里。他说不清道不明，科学仪器也检测不出，但是，杭州人的舌头知道。

话头不扯远了，总之，恒泰酱园就是老杭州人认准的"味道工厂"。懂的人自然懂：一个酱园的"命脉"

都捏在"头脑师傅"手里。出的酱油鲜不鲜，醋的香味正不正，酒的味道醇不醇——都跟"头脑师傅"有关系。

在科技不发达的年代，"头脑师傅"掌握的几乎是一些核心机密，连他自己都说不太清楚。比方说，门帘开不开，窗户开多大；缸盖什么时候开，怎么开，开多大——但凡要动什么东西，都要经过他的同意。

如果没有经过"头脑师傅"同意，随意动什么物件，那是要挨罚的。

现在，五味和的调味品生产，在经验传承中不断走向科学的酿造方式，采用高盐稀态发酵法生产酱油，一次可以发酵上百吨的原料；同时，改变了原先"靠天吃饭"的局面。

尽管如此，从"头脑师傅"手中传下来的"味觉秘密"，却一点也没有走样。代代相传之后，成为杭州人舌尖最独特的味觉记忆。

天气好的时候，杨师傅就要把草缸盖搬到日头底下去晒，这是每天上班后的第一件事情。

别看稻草缸盖子不起眼，实际上现在很多古老的东西，想找到都不太容易了。然后要开耙。耙也要先用75%的酒精消毒，避免把杂菌带到发酵缸。

在五味和，一年到头就做两次醋。

这种传统的古法酿醋技艺，是以优质大米、糯米、纯中药制作醋曲，需要经过蒸煮、酿晒、发酵等三十余道工序方能制作而成。从原料加工到成品包装，各道工序都严格遵循着古法的要求，整个过程需要六个月以上的时间。

在中国，醋有南北之分，主要就是酿造方式不同。

北方系醋，多以开缸固态发酵方法制作，比如山西老陈醋、镇江香醋、四川保宁醋、北京龙门醋、天津独流老醋。这些醋更适合用来蘸饺子，解油腻，有微微的回甘。

南方系醋，在发酵的时候用的是关缸液态发酵，像福建永春老醋，也叫乌醋，酸味比较薄，味道偏甜，吃海鲜做蘸料，或做凉拌菜的时候用点，味道鲜甜。

"中国人以谷物酿醋，由于原料和工艺的不同，各地的醋口味也会相差甚远，江南的灵秀则赋予醋另一种性格……"

那五味和的名品双鱼牌玫瑰米醋，又是什么样的呢？纪录片《舌尖上的中国》里有一集《五味的调和》，提到中国"四大名醋"之一的双鱼牌玫瑰米醋："历经十二道传统工序，一百八十天自然发酵，酸味物质分解出的氢离子，在口腔中撩动着我们的味蕾，而中餐中的酸味，大多是由醋带来的……"

"这么说哦，我们杭嘉湖[1]的人，都爱这种玫瑰米醋，因为色泽柔和，醋香独特，滋味鲜甜。"

玫瑰米醋只在浙江省独有的地理环境中才可酿成。其利用自然界的微生物或部分添加曲霉、酵母菌等微生物，经表面静置液态发酵法酿造而成，是一种不添加任何色素、酸味剂和甜味剂，具有玫瑰红色的酿造食醋。

开耙的时候，杨师傅凭借熟悉的手感就能知道，这些大缸里的醋正在一天天地成熟起来。

米醋的成熟，最重要的因素就是气温。小暑，七月，开敞的制醋车间闷热得很，一会儿杨师傅就衣衫湿透了。

但这也是醋生长的最佳时间。一年当中，最热的时节恰也是最佳的做醋时刻。每一缸醋都在快速地生长，缸里面热热闹闹地，酝酿着一场变局。

醋发酵的时候会产生热量，上层和下层的温度不

---

1 杭嘉湖：指浙江省杭州市、嘉兴市、湖州市。

同，需要人工介入去搅拌开来，让整个缸体中的物质均匀分布。

一排排大缸整齐排列，场面十分壮观。杨师傅双手执耙，小心翼翼地顺时针、逆时针搅动大缸内的液体，神情庄重认真，似乎这种动作，是工匠与技艺进行的一种特殊的交流仪式。

杨师傅的丈夫也是做醋师傅，平时两人一起上班，一起下班。这份做醋工作，尤其有成就感，让她觉得自豪。

"虽然工作的时候，感觉很辛苦，环境很热，劳动量也很繁重。但是我们这些人，如果不工作，整天闲着，或者整天搓麻将，那人生有什么意思？"

杨师傅说，日子就是这样的，既要有劳动的辛苦，又要有收获的喜悦。正是因为有了劳动时的辛苦，你在休息的时候，就会觉得特别畅快。

每天下了班，到家里烧两个小菜，那味道不要太好哦。

说到烧菜，杨师傅又很自豪："我做的酸萝卜，那

真是没的说，一家人都爱吃。"

　　杨师傅做的酸萝卜，酸脆，甜美，不仅家里人爱吃，亲戚朋友也说好吃。有时候她做得多一些，就邻居街坊、亲戚朋友都送一点，大家吃了都赞不绝口。

"说到底，无非是我对吃比较讲究嘛！"杨师傅说，口味这个东西，很奇怪的，有的人做的东西就是好吃。"再说了，我做的酸萝卜都是用玫瑰米醋泡的，能不好吃吗？"

有个杭州朋友，在澳大利亚生活，想吃一口正宗的杭州味道——拌面。

不难。面条在澳大利亚的中国超市能买到的，酱油也是有的。酱油、葱花、榨菜、油。拌面还有什么难度吗？但是吃来吃去，就不是那个味道。最后，他让朋友买了湖羊牌"蓝袋鲜"酱油，寄到澳大利亚去。漂洋过海的酱油，这一路的颠沛流离且不去说它了，单单是一趟邮费，值回多少酱油了！

一口拌面吃进去，眼泪都要掉下来了——这才是杭州街头，每天清早大家能吃到的拌面。

所以，杨国英师傅这样的手艺人，还在五味和的车间里，坚持用最传统的手艺酿造着"老味道"，实际上也是在守护着大家的"味觉机密"。

小暑这天下午五点多，杨师傅终于可以坐下来歇一歇了。

酿醋车间外面，一个个坛子靠墙堆成小山。白花花的阳光到了这时，已经收敛了许多，不那么猛烈了，甚至场地里还有一丝微风拂来。杨师傅收拾东西，准备下班。放暑假了，孩子们都在家里，她准备回家烧点好吃的。

一碗酸萝卜之外，一锅酸溜溜的鱼汤也是必不可少的。夏天喝点酸的东西，既开胃，又舒坦。

雕刻时光

最近三四十年，他几乎每天都蜗居在这座小楼里，似乎与世隔绝，整天埋头画稿、贴稿、刻版、压印——黄老师一天到晚摆弄他的那些木头，敲敲打打，刻字雕花，别人都不太明白他到底是做什么的。

冬去春来，春去秋来，黄老师在那扇木头窗子下，埋头刻版印花，抬头低头，一起一坐，就过去了几十年。那老房子都是木楼梯、木地板，走上去"咯吱、咯吱"响，要是小孩子跑过，斜照的阳光里还会飘浮起一层尘埃，特别有光影的效果。

天气有一点凉下来了。早上沿着古新河走过来,会发现路旁的水杉叶子都已经变黄,秋色渐浓。也许再过几天,桂花就要开了吧?

从地铁站出来,黄小建依旧步行,一直走到古新河旁边的这个院子里来。上午,院子里还是静悄悄的。除了杭州杂技总团的人、文化馆的人、剧场的人会在这里进进出出,别的人很少来。说起来,虽然也是繁华的市中心,这里总算是一个闹中取静的地方,正符合黄小建喜欢安静的心意。

不知不觉,在这个院子里冬去秋来,也有两年多了。

黄小建的饾(dòu)版[1]拱花工作室,在院子南面角落的一幢小楼上。他自己住在城东,有时候坐公交车,有时候乘地铁,穿过半座城市来到这里,既是一种仪式感,也是他感受这座城市活力的一种方式。一路上,迎面而来,都是年轻的面孔。他开了门,用水壶接水,按下开关,一会儿,学生小罗也前脚跟后脚地进来了。"黄

---

[1] 饾版:中国雕版印刷的一种,出现于明代。

老师早！"小罗一边跟黄老师打着招呼，一边把背包和围巾取下来。昨天做了一半的工作还摊开在桌上，宣纸、雕版也都井井有条地摊在桌上。每天一看到这些纸张、木板、刻刀之类的东西，80后的小罗也就觉得安心。她喜欢这些东西。她一边整理工具，一边和黄老师说着话："黄老师，你有没有发现，今年桂花好像开了。"

"哦？是吗？"黄老师说，好像有一点香气可以闻到，但没有留意去看桂花树。小罗说，她昨日傍晚，特意在小区里走了下，看了桂花树，发现已经有一些花苞开始绽放了。

"怪不得呀，我们这个院子里，好像也有一点桂花香。"

"寒露了，再冷两天，差不多也应该要开了。"

黄小建原先住在宝石山上，那里靠近西湖，桂花树也要更多一些。那地方很多杭州人并不知道。民国初年，那里是传教士建的教会医院。所以，只要一说"麻风病院"，很多老杭州就晓得了。那几幢别墅似的老旧房子，很有西洋的风格。一百多年前，那所全国唯一的麻风病收治所，救治了许多来自各地的患者。创立者，就是浙医二院（前身为广济医院）的首任院长梅滕更，他带着很多医护人员创立了这个医院。

黄小建收藏了很多关于这所麻风病院的照片和资料。他一直觉得，老房子很宝贵，见证了一个时代，也留下了历史的印记，值得更好地保存下来。

可惜，黄小建住了六十多年的老房子，在去年冬天，被一把火烧毁了。

"腊月里哦，都快过年了，出了这个事。我可狠狈了，后来是在小酒店里将就过的年。"

黄小建喜欢那座六角形状的两层小楼。毕竟是住了一辈子。小时候，他跟随妈妈一起搬进来时，还只有八岁。最近三四十年，他几乎每天都蜗居在这座小楼里，似乎与世隔绝，整天埋头画稿、贴稿、刻版、压印——黄老师一天到晚摆弄他的那些木头，敲敲打打，刻字雕花，别人都不太明白他到底是做什么的。

冬去春来，春去秋来，黄老师在那扇木头窗子下，埋头刻版印花，抬头低头，一起一坐，就过去了几十年。那老房子都是木楼梯、木地板，走上去"咯吱、咯吱"响，要是小孩子跑过，斜照的阳光里还会飘浮起一层尘埃，特别有光影的效果。

"当时那房子的后面，是一块坟地。晚上，经常有磷火[1]一闪一闪的。不过我们是见怪不怪了。"黄小建说，记得20世纪50年代，周边的树木并不茂盛，国庆节苏堤上放烟花，他和家人都直接坐在二楼阳台上看，惬意极了。

"附近也没有什么房子，只有一片竹林，四面田地。"

从昭庆寺沿着石子路走来，一路上连人都碰不上一个。居民都在周边开荒挖地。"各家都有二三分地，种菜养鸡，一派田园风光，那感觉犹如世外桃源。"在那个犹如世外桃源的地方，黄小建可以专心致志地着迷于

1　磷火：磷化氢燃烧时的火焰。人和动物的尸体腐烂时分解出磷化氢，并自动燃烧。夜间在野地里有时看到的白色带蓝绿色火焰就是磷火。俗称鬼火。

自己喜欢的事。

在最西面的那间屋子里，夏天，他就光着膀子挥汗如雨。刻刀飞舞，木屑翻飞。冬天呢，外面飘着雪花，他也是躲在屋子里，锯木头，刻木头，或者翻印纸页，有时也会忙出一头的汗。

刻了几十年，他刻下的长长短短黄梨木雕版，已经在房间里积累了一大批。他用这些雕版印制了一批作品，也堆在那间小小的屋子里。他每天从那些东西里侧身而过，觉得很富足，可以说，那间屋子就是黄老师一生的心血。

哪里晓得，一把火，都烧掉了，根本来不及抢出来。

"邻居是超负荷用电嘛，出了这样的事。"后来消防部门查过了火是怎么起的，也查过用电的情况，那家人三千六百瓦的用电，这是明明白白的证据，没办法抵赖。火烧起来，还是后半夜，两点多。黄老师被外面嘈杂的声音吵醒，急忙翻身起来，门一推，一股木头烧焦的烟味扑进来。他赶紧返回去，拿了一条毛巾浸湿，捂住口鼻，从走廊上爬下来了。本来是想抱着被子跳下来的，结果被救火的人提醒，最后顺着水管爬下去。

"还好醒得及时。"后来一想到这个事，黄老师都吓出一身汗。

那场火，把整幢房子都烧没了，从第一间烧到最后一间。起火时是两点多钟，一直烧到早晨五点钟。消防队员也到了，但是老房子火势太大，也没有太好的办法。山上水压不够，浇上去的水都没有什么作用，邻居街坊也只能眼睁睁看着火继续烧，最后烧没了。

大家都安慰他，人没事情就好。留得青山在，不怕没柴烧。

也是啊，只要人没事，别的都好说。

黄老师借宿在酒店，过年的时候，还非常怀念这个住了一辈子的地方。作为"国家非物质文化遗产项目雕版印刷代表性传承人"，他当然也心痛自己一辈子的心血在火海中化为灰烬，但是，这也让他想了很多别的事。他希望有年轻人能继承这门手艺。

"雕版印刷"这门手艺，有的人不太了解。其实，所谓雕版印刷，就是把文字、图像雕刻在平整的木板上，再在版面上刷上一道油墨，然后盖上宣纸，用干净的刷子轻轻地刷过，印版上的图文也就清晰地转印到纸张上头了。说白了，这就是中国历史悠久的印刷工艺。

20世纪70年代末，黄小建进入了浙江美术学院（今中国美术学院）的木版水印厂，跟随师父张耕源老师学习雕刻技术。当时印刷的东西，主要是潘天寿、吴昌硕、黄宾虹等大家的作品，由中国图书进出口公司负责销售。当时黄小建不过二十来岁。

雕版印刷技艺，凝聚着中国造纸术、制墨术、雕刻术、摹拓术等好几种优秀的传统工艺，它为后来的活字印刷术开了技术上的先河，是世界现代印刷术最古老的技术源头。杭州的雕版，字体方整挺拔，刀法娴熟，笔画转折处自然流畅，不露刀痕，忠实于字体的本色。这种明朗的风格，很为读书人所追捧。宋人叶梦得在《石林燕语》中说："今天下印书，以杭州为上。"那时候的杭州，已经是天下印书的中心。黄小建虽然年轻，对这门手艺很有兴趣，也一头扎了进去。只是，才学了几年，他方才入门呢，这个专业被撤了，木版水印厂也关停了。职工分流，黄小建去了字画经营部。

原本一块儿学艺的人，纷纷转了行，没有人再做雕版印刷，黄小建却有些不舍。怎么办呢，那就继续学吧。跟着兴趣的指引，黄小建继续钻研着这一项渐渐少人问津的技艺。后来他还拜访了很多老师傅，逐渐掌握了雕版印刷的工序。杭州找不到雕版传承人，他还到扬州、南京、苏州四处寻访，交流学艺。

2005年，一次偶然的机会，黄小建看到了一本笺谱，里头呈现的拱花技术，让他一下子着了迷。

拱花技术，是依着木板上的纹理，刻出想要的图形。在特定方法的压印下，木板上的纹理在宣纸上印出凹凸有致的印痕。印完后的纸上图案，具有极强的立体感。拱花与饾版相结合，这一技艺实在太让人惊艳了。饾版是按照彩色绘画原稿的用色情况，经过勾描和分版，将每一种颜色都分别雕一块版，然后再依照"由浅到深，由淡到浓"的原则，一次次逐色套印，最后成就一幅彩色印刷品。加上拱花技术后，这些彩色的纹路，还有了类似浮雕的效果。原本是"2D"的画面，顿时变得"3D"立体起来。

古代文人，生活风雅。譬如说写信，不仅内容要情真意切，就连一张信纸也马虎不得。历代的笺谱，就是文人专用的信纸，上面印着自己喜欢的图案。《十竹斋笺谱》《萝轩变古笺谱》等，代代相传，至今仍为人所喜欢。民国时候，很多知名文化人写信，也都有自己的专用信笺，其中很多也是用雕版和拱花技艺制作的。

拱花技术发源于明代，清代之后就基本失传了。说起来好像也不难，但是这里面的道道，绝不是几句话说得清楚的，必须一次次实践，才能摸索出心得。所谓"手艺"，哪一件不是在"手"上磨出来的东西？黄小建自己摸索，工作台上泡了多少年，终于摸到了拱花技术的门道。

宝石山上不能再待了，文化部门了解了情况，为黄小建提供了古新河旁边的这个工作室。相比起来，这里宽敞明亮，设施也齐全，有仓库专门堆放木头物料，有一些电动设备可以做些基础的切割工作，黄老师的手脚也施展得开了。

毛笔、刷子、刻刀、起子，大大小小的雕版，一件一件装裱过的作品，在这里各安其所。靠窗子的地方光线明亮，一抬头能望见外面的风景，就在窗边摆上两张桌子专门印制。饾版的印制，一幅小小的图画，其实也要印上好几遍。一种颜色来一遍，每一次印东西，都要跟之前的位置严丝合缝，才算精美。这是个细致活，还费眼睛。黄小建收的徒弟里头，小罗特别热爱这门手艺，心也细，很多套色印制的活计都是她在做。

小罗说，雕版印刷是国务院认定的国宝，国家级非物质文化遗产项目，能来学习，是自己的荣幸。小罗全名罗颖琦，以前就喜欢文玩、串珠子等，后来知道黄老师的雕版印刷技艺，就萌生了学艺的念头。"人一辈子，能找到一件喜欢的事情，那太幸福了。"小罗说，"所以我们都很羡慕黄老师。"

黄老师的拱花手艺，就跟"纸上绣花"是一样的，不是光有力气就行。小罗站在黄老师身边，看他用一个钢球，在垫着毡毯的纸上滚动。黄老师说："既要有手劲，又要有巧劲。"

"就像做饭一样，谁都会做饭，学一天也是做，学三年也是做。"小罗每天都来工作室，黄老师会安排她做一些活。比如说印花，一张一张印下来，每一张印得清晰又好看。"就是要重复去做，做多了，就有新的感悟了。"

黄小建也说："其实啊，世界上的事情，道理都是一样的。"

"要是以前，这门手艺没有人关注的时候，黄老师再不坚持，那可能就没有这门手艺了。"

茶壶里的水滚了，发出"咕嘟咕嘟"的声响。黄老师和小罗都在忙着手头的事，谁也没有停下来。等到两三张宣纸印好了，小罗放下手头的东西，去拿了茶壶给老师的茶杯里续水。

黄老师这个年纪，还是要注意身体，不敢让他太辛苦。"放过心脏支架，不能太吃力。"小罗说。但是黄老师说："歇下来也没意思的，我现在做这些活，爬爬楼梯，一点问题没有。"

"小黄老师现在可忙了，对外的活动，办展览等，都是小黄老师在张罗。"小黄老师就是黄小建的儿子。黄小建的雕版印刷，现在名气越来越大，不仅走进了工艺美术馆，而且还走出国门。不过，黄小建经常参与更接地气的活动，比如去社区里办办活动，带孩子搞搞研学，把雕版印刷的知识告诉孩子，也是一件很有意思的事情。

小黄老师也是中国美术学院毕业的，现在跟着父亲学习这门古老的技艺。这个年代，生活节奏越来越快，科技发展也是突飞猛进，还能安安静静坐下来雕一块板、印几张纸的人，已寥寥无几。

工作室外面，水杉的叶子越来越黄。工作室里面，纸上的画稿已用浆糊裱到木板上，正靠墙晾干，晾干后就可以开始雕刻了。据说这又是一组从古籍里挖掘出来的创新作品。

"再过段时间，可以吃到桂花年糕啦。"看着窗外，小罗悠悠地自言自语。这是一个桂花飘香的季节，好像接下来的每个日子，也都让人充满了期待。

朱砂之色

　　杭州的冬天还是很寒冷的。

　　冬至以后,每一天都是阴冷相伴。"一九二九不出手,三九四九冰上走,五九六九河边看杨柳,七九河开,八九燕来,九九加一九,耕牛遍地走。"这首数九的童谣,就是从最寒冷的冬天开始,一直数到春暖花开。

　　其实印泥的事业,也是如此,在漫长的时光里都是非常寂寞的,需要极大的耐心才能坚持下来。这种坚持,是内心里始终装着一个繁花盛开的春天。

院墙边的两棵桃树已经落光了树叶。

看到手机上日历显示今天是冬至，曹勤才猛然意识到，真的是冬天了。冬至是一年中黑夜最长的一天，老底子杭州人是比较讲究的，冬至这天要吃饺子，吃汤圆，喝羊肉汤。

"冬至也是一年中白天最短的一天，提醒大家要珍惜时间啊。"

在曹勤的西泠印泥工作室，两位工人一边聊着家常，一边坐在桌前耐心地整理一堆絮状物。这是艾绒，也就是原料艾叶经过一道道手工揉搓后，出现的棉绒状纤维。

这是制作西泠印泥的重要一步。

工人慢条斯理地清理着，把艾绒分出长短两堆来，半天过去，也只是清理出巴掌那么一小团。

"都是费眼睛的活啦！只有把一条条纤维清理出来，毫无杂质，这样做进印泥里的时候，才会纯净。"艾绒的纤维就是印泥里的"筋骨"。

现在的大部分人对印泥已经没有什么特殊印象了。

这年头，普通人用印的机会的确是越来越少了。或许只有在签合同的时候，才会偶尔用印泥盖章或盖指纹，但所用的那种印油，基本上就是文具店里随手能买到的廉价红色海绵垫。

还有一种印泥，说出来你可能不信，稀少，贵重，纯手工制成，可谓"一两黄金一两泥"。

曹勤，就是"印泥大师"。他是西泠印社[1]古法手工印泥制作技艺传承人。

曹勤做印泥，可以说是做了一辈子。

史书上记载，中国的印泥已有两千多年的历史，早在春秋、秦汉时期就有使用。印泥的前身是封泥[2]。它最初发端于宫廷，作用是防止他人私拆文书，后来慢慢流入民间。

西泠印泥，创始于清光绪二十九年（1903年），

1　西泠印社：中国研究篆刻的学术团体。以"保存金石，研究印学，兼及书画"为宗旨。1904年（清光绪三十年）由丁辅之、王禔（zhī）、叶为铭、吴隐等创办于浙江杭州孤山，因地近西泠而得名。第一任社长为吴昌硕。该社出版印学、印谱及书画著作颇多，在印学界影响很大。

2　封泥：又称"泥封"。使用方法主要是将需要保存或运输传递的公私物品、简牍文书捆扎或以囊盛装，在结扎或封口处以泥团封护，并在上面盖印。

由西泠印社创始人王福庵、丁辅之、叶为铭共同研制而成，主要用于篆刻、书画印章等。后来，经西泠印社总干事韩登安先生以及韩君佐夫妇等人研发改进，深受篆刻家、书画家喜爱。

西泠印泥是金石篆刻艺术的载体，与西泠印社的篆刻创作、手拓印谱一起被奉为"印林至宝"。

作为印文化的子分支，印泥同印章、金石篆刻的发展密不可分。在不同的历史时期，印章的材质、外观、用途、篆刻形式都不尽相同，而这些差异就决定着印泥的材质、制作工艺和表现形式。

手工所制西泠印泥色泽古雅，质地细腻，夏不渗油，冬不凝固，浸水不褪，钤（qián）[1]出的印文清晰传神，在国内外久负盛名，也受到各界艺林名士的认可，成为书画印泥的典型代表。西泠印泥制作技艺也被列入浙江省级非物质文化遗产名录。

"西泠印泥最主要的原材料有三种，艾叶、蓖麻油、

1　钤：盖（图章）。

朱砂。"

制作印泥为什么要用艾叶呢？

曹勤说，艾叶的纤维最好，其他如棉、丝、藕丝、树皮、树皮浆等，在耐久性、交联性、吸附性等方面都不及艾绒。

艾叶的原料特别讲究。河南汤阴产的叫北艾，浙江四明产的叫海艾，湖北蕲（qí）州产的叫蕲艾。

理艾的方法，首先是要摘去梗蒂，用筛子筛掉碎屑，专留下艾叶；然后用棕绷搓揉，把艾叶外衣褪尽，用乳钵磨研。唯恐艾衣尚未褪尽，再用小绷弓弹打，把剩余的艾叶筋络弹去，用石灰水浸泡七八天；之后，另换清水，微火煎煮一天一夜，连续换水，榨去艾叶的黄水，直到黄水变成白色，再令艾叶干透。

此时，再筛，再弹，艾叶里的黑心就可以去尽。

如此大费周章，所得也就甚少。

大约一斤艾叶原料，最后仅能得到艾绒三到四钱[1]。

1　钱：市制中的重量单位。1钱=0.1两=5克。

听一听是不是就已经晕了？原来印泥里光是艾绒这一种原料的处理就这么复杂。

"天然植物蓖麻油，经过5～20年的天然氧化和提炼；上好的艾叶，揉搓精制成艾绒；朱砂呢，要经过传统的水飞法，提炼成朱磦、朱砂。"

印泥质量好坏，主要取决于颜料和蓖麻油的质量。印泥中的颜料，以天然朱砂为最优。

朱砂的化学成分硫化汞，是一种红色的无机颜料，化学性质稳定，耐水，耐光，耐热，耐酸，耐碱，正因为这样，在古代常被作为颜料使用，所谓"朱笔"沾的就是朱砂。

西泠印泥用的朱砂，分豆瓣砂、六角砂等好几个档次。越是好的朱砂原料，碾磨时越不会起灰。随着岁月流逝，一些老朱砂矿没了，只能用一些替代品，因此在选择原料时，第一要务就是质量。

曹勤的工作台上，摆满了各种各样的工具，有几个老石臼，曹勤说这就是"衣钵"了，是从师父那里传下来的。

其中一个石臼，就用来捣朱砂。

他一边说一边给我们做示范：朱砂经过研磨，显出鲜艳的红色质地。随着不断地研磨，朱砂变得越来越细。

然后加入清水，砵中水流旋转，朱砂粉末逐渐沉淀下来，越细的部分越轻，也就越晚沉淀，悬在上层的橘红色部分浸取出的被称为朱磦。

制印泥还要用油。西泠印泥用的是陈年的蓖麻油。蓖麻油是不干性油，较厚重，好处是着纸不渗。

蓖麻油、艾绒、朱砂三者调配好，不断地在石臼里捶打，这个过程就像打年糕一样，直到打出年糕一样的韧性。等到印泥的韧性可以拉出一尺到两尺的长度时，可千万不能剪断，因为印泥料中都是纤维，一剪断，印泥质地就下降了。

一盒上好的印泥，大约需要上千道的工序、上万次的手工制作，才能调和而成。

"一两黄金一两泥"，好印泥制成后，用一两黄金换取一两印泥并不稀罕。

做好的印泥装入缸后，上面要覆盖一层金属箔，很多时候盖的是 24K 纯金金箔，由此可见印泥的珍贵。制作印泥的整个过程，都需要制作者真正"将心注入"。

坚守着印泥制作这个手艺，曹勤也慢慢把自己修炼成一个安静的人——他平时就在工作室里，写字，画画，制作印泥。

冬至这天，他也想试着制作一幅《九九消寒图》。

《九九消寒图》是中国传统文化里一个小游戏。会画画的人，在冬至日，画上素梅一枝，画上花瓣八十一，每日用红色染上一瓣，花瓣染尽而九九出，这时候已是春深了。这就是《九九消寒图》。

还有一种玩法，是准备一幅双钩描红书法，繁体字的"庭前垂柳珍重待春风"九字，每字九画，共八十一画。从冬至开始，每天按笔画顺序填充一个笔画，每过一九，填充好一个字。九九之后，春回大地，一幅《九九消寒图》大功告成。

做这个事情的时候，人就好像依然生活在源远流长的唐宋日常里。

曹勤从小是伴着孤山和西泠印社一起长大的。

曹勤的父亲曾任西泠印社的副主任,对于曹勤来说,西泠印社就像是家一样的存在。他说自己从懂事起,就一直和西泠印社的那一批老先生在一起,所以对印社一直有深厚的情结。

在这样的文化氛围里成长起来的曹勤,很早就接触到了篆刻艺术,诸如,如何鉴定印章、印石的好坏等。耳闻目染,不断学习,这也为他之后从事印泥制作工作打下基础。

同时,他也经常接触到学术交流、裱画、文物收购等,虽然懵懵懂懂,但就是喜欢在旁边看。老先生鉴定字画他也会去听一下,领悟他们分析笔墨、笔法、意境,算是启蒙教育。

西泠印社"保存金石,研究印学"的一百多年里,制作西泠印泥的先辈在拓制大量印谱的过程中,早已经将印泥的制作从普通的印章蜕色,提炼成"传达印章艺术的媒介物"。

20世纪80年代，一大批年轻人进入了西泠印社，弘扬发展传统文化。由此，沉寂多年的西泠印社朝气蓬勃了起来。那一批年轻人里，就有曹勤。

除了印泥、印谱，还有裱画、熟宣、碑铭文的拓碑技艺等，都是西泠印社在1978年之后陆续恢复的。那时候，进入西泠印社的年轻人，有众多可以选择的学习门类：金石篆刻、书法、字画鉴定、裱制……

而曹勤，选择了金石篆刻这一从小耳濡目染、扎根于心的技艺。

当时篆刻组的导师茅大容先生，亲自传授他篆刻书法以及印泥制作。茅老师教导他："篆刻家很多，人人都是篆刻家。印泥谁来做？总要有人来做。"

制作印泥，又脏又累，能坚持的人少之又少。相比当时一起学习印泥制作的其他人，曹勤是相当热忱执着的。

印泥制作专业性强，没有十年八年做不好。如果自己不做，就真的没有人做了，甚至西泠印泥就会没有传承的脉系。茅先生曾跟曹勤说过一句话："印泥我只传给你一个人了。"

由此，曹勤心中有了一份担当，他需要保护和传承好西泠印泥。

自从曹勤接过"西泠印泥"的牌子后，就再没放下过。

杭州的冬天还是很寒冷的。

冬至以后，每一天都是阴冷相伴。"一九二九不出手，三九四九冰上走，五九六九河边看杨柳，七九河开，八九燕来，九九加一九，耕牛遍地走。"这首数九的童谣，就是从最寒冷的冬天开始，一直数到春暖花开。

其实印泥的事业，也是如此，在漫长的时光里都是非常寂寞的，需要极大的耐心才能坚持下来。这种坚持，是内心里始终装着一个繁花盛开的春天。

对于曹勤来说，任何事情做到最后，也都是自我的修行。

当年祖师爷，为制作上等印泥，不计成本，去云南、

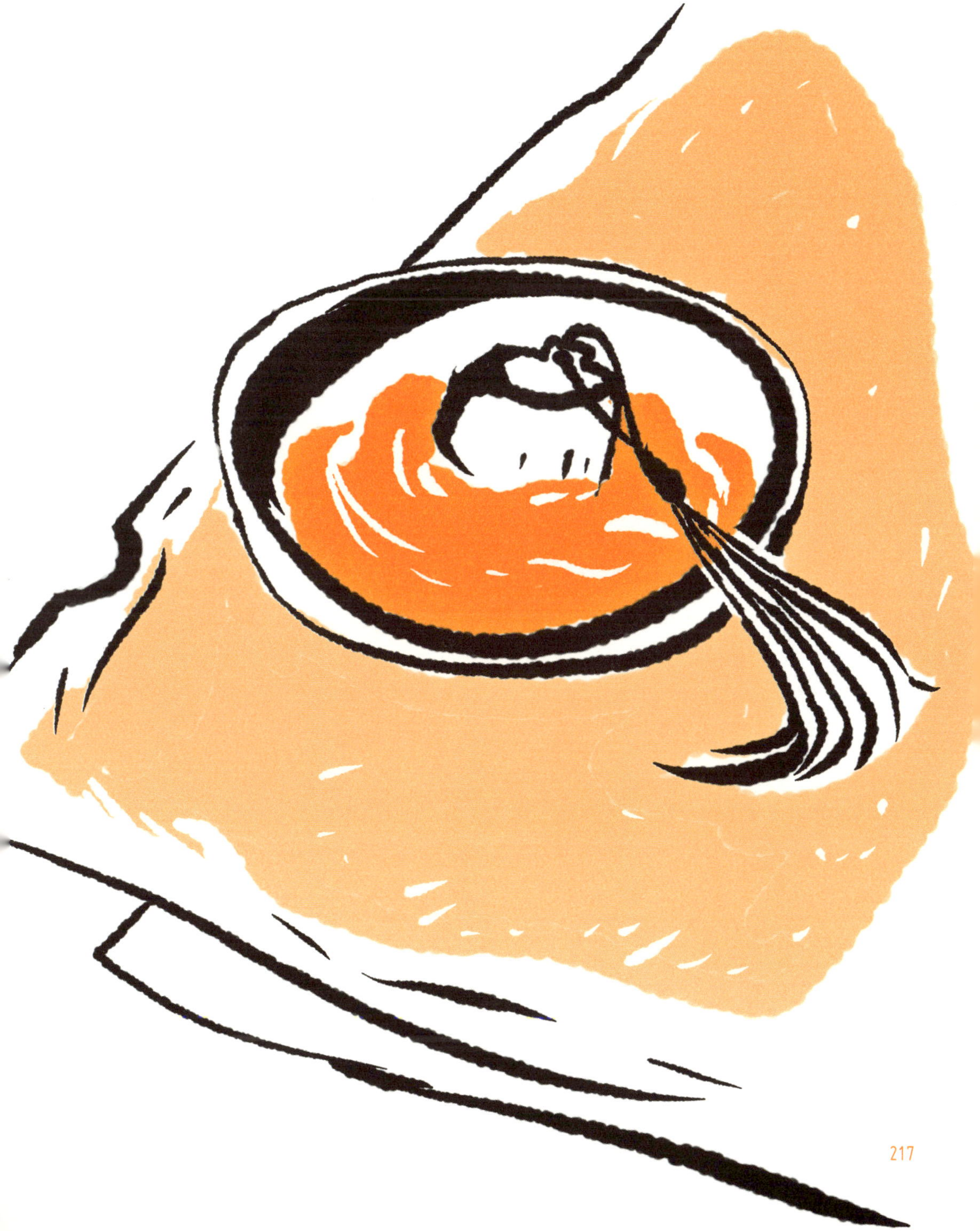

湖南甚至更遥远的地方寻找最好的朱砂矿。现在天然的朱砂越来越罕见，但是曹勤依然坚持用最好的原料。

艾草，他也选用野生的单瓣艾草。有别于常见的五月艾，单瓣艾草质地坚韧，茎叶粗壮，对印泥有着明显的凝固作用。

跟金石篆刻比起来，制作印泥看起来就像是"雕虫小技"。

其实内行人都知道，只有深入理解篆刻的人，才能找到好印泥的灵魂，也才能真正把印泥做好。

因为，好的印泥，才能真正把篆刻的刀功本事、线条状态，真实地还原出来。

每每想起师父茅大容先生，曹勤仍怀感恩。先生教诲，制作印泥，必须先学金石篆刻。懂得篆刻，才有资格鉴赏印泥的优劣。也正是如此，曹勤一刀一琢先学篆刻，而后才传承了印泥制作。正是这样的教诲，让曹勤受益终生。

如今，曹勤已是西泠印泥的第四代掌门。他既是西泠印泥的传承人，也是国家级美术师、书法家、篆刻家。

他的日常，便是在西泠印泥技艺馆的天地里，沉浸于书画篆刻与印泥制作，似乎有忙不完的事情。

印学这样一种中国的传统文化，他想让更多当下的年轻人体验、分享。

当下的社会节奏飞快，人们脚步匆忙，鲜有机会能停留下来细细领略方寸之间的艺术之美。实际上，这种艺术美的熏陶对于当下人的心灵，有着巨大的滋养作用。

"我当然希望，能有更多的年轻人、文化人，懂得印学之美。"

也因此，曹勤这一间小小的工作室，成为杭州这座城市文人雅士喜欢会聚的地方。到了暑假，也有很多中小学生来此，体验和感受传统文化。

印泥也好，印迹也罢，都是古今文人借以跨越时空距离，完成精神沟通的一条隐秘通道。曹勤独行此路，也乐在其中。

武夷四时

　　大自然哪里只是人类的大自然？它也是鸟儿、小鹿、青蛙、蛇、黑熊的家园，是杜鹃、铁杉、猕猴桃、野花野草的家园。

　　说到黑熊，李红兴奋起来，他指着桐木关站不远处的山崖说，那里有几个蜂桶。黑熊可厉害了，能闻到蜂蜜的味道，它们最爱吃蜂蜜。有好几次，就看见黑熊来偷蜂蜜吃。他出了门去，黑熊远远见了人，直立起身，抱起蜂桶转身就跑。你别看黑熊又胖又壮，很笨重，其实呢，它跑起来可快了，在山上也如履平地。黑熊把蜂桶抱到一个安全隐蔽的地方，一掌把木桶拍碎，掏里面的蜂蜜吃。

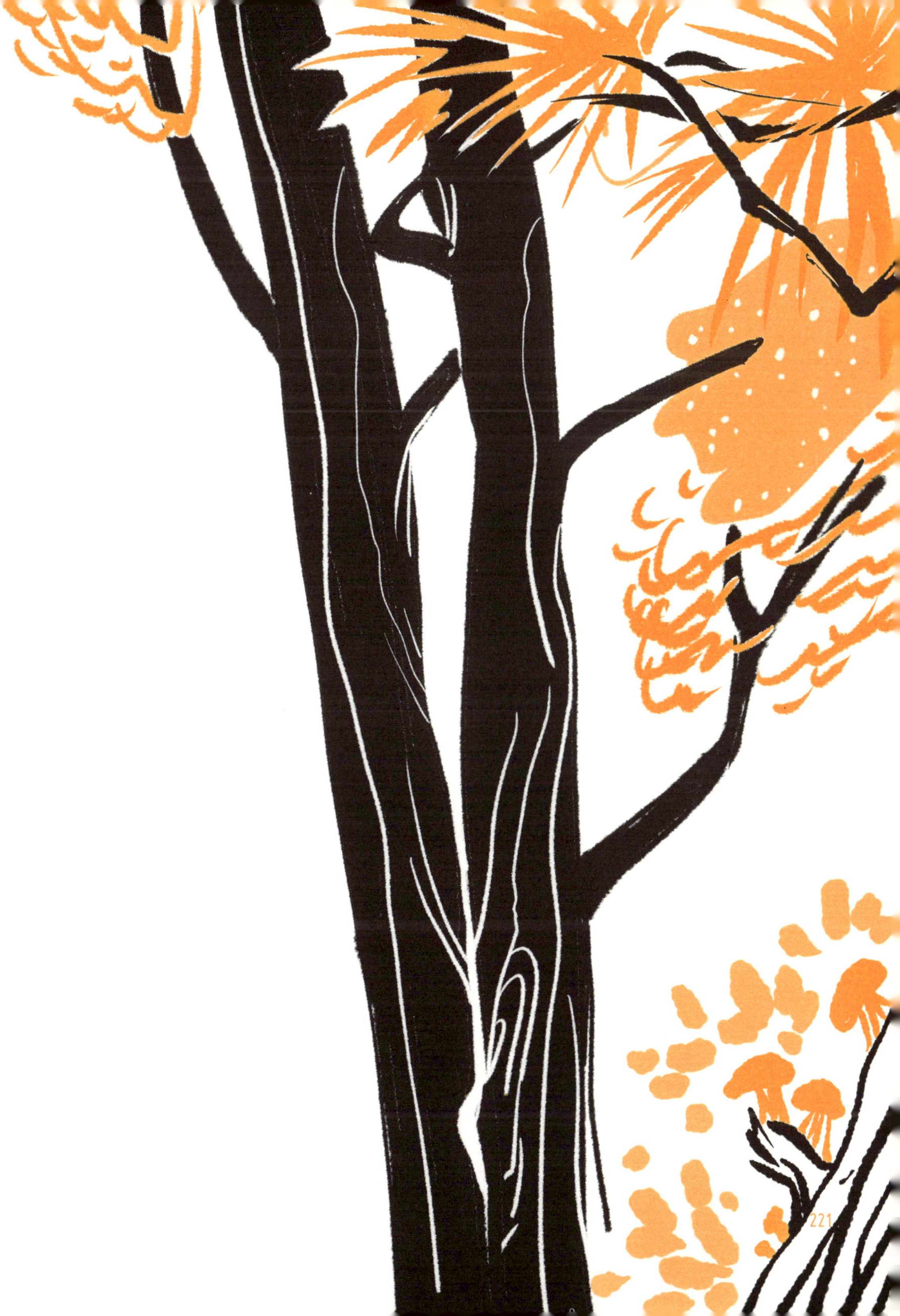

一

武夷山的初夏，是满眼浓重的绿色。阳光灿烂明亮，山野郁郁葱葱，仿佛世间万物都热烈而蓬勃。

一入武夷深似海呀。

六月步入武夷山层层叠叠的绿意之中，晨昏之间，白雾山岚起伏，草木的清香混合着甜滋滋的气息，悠远的鸟鸣从林中传来。这样的绿与隐约的雨水，一起将人的情绪濡湿，想念的心思也如山岚飘浮。

在武夷山国家公园（江西片区）叶家厂保护管理站的窗前，程林有时会望着那些山林雾气出神。有时他巡护时登顶黄岗山，也会想念起一些远去的事物。

许多人听说过武夷山，知道是福建的山，却不知道武夷山也有很大面积在江西境内。程林有时会向人介绍武夷山国家公园，其总面积1 280平方千米，最高峰黄岗山海拔高度2 160.8米，北麓正是在江西省上饶市铅山县界内。此峰为华东六省一市的最高山峰，号称"华东屋脊"。

程林也是在某一年六月的绿意里重新回到武夷山怀抱的。小时候，一脚踩空跌进滚滚山溪，被溪水冲出几十米远的记忆，还在心头萦绕；从前与父母一起住在竹篱笆糊泥为墙的简陋山居，又热又潮，父母在保护区工作，程林和姐姐被锁在家中，饿得哇哇直哭的记忆也在心头萦绕。

那为什么还要回到大山里来呢？

1996年从南昌林业学校毕业后，程林本来可以继续读大学，因为家里清寒，拿不出五千元学费而作罢。那时作为林区职工，父亲工资微薄，还要养家，到底是不易的。父亲一直工作到60岁退休，工龄42年。1980年，武夷山设立省级自然保护区，父亲就是最初的那一批职工。他每天的工作，就是在山中哨卡检查或巡护山林，一辈子也都跟山野森林在一起。

程林小时候跟随父母长年住在山里，他出生的地方是"叶家厂"。这个小村庄的名字挺有意思，可能是办过什么厂吧，只有二三十户人家，非常偏远。他也在村里上小学。直到初三那年，才第一次去铅山县城。

那时候条件艰苦，保护区职工房子是自建的，用竹编的篱笆糊上黄泥就是墙。这房子潮湿闷热，又不隔音，有时候连风也挡不住。保护区也没有电，还是点煤油灯。很多年以后，才有了柴油发电机，不过也只能每天晚上供应两小时，用于晚上的生活照明。似乎是一直到了20世纪90年代中后期，山上才有了电灯。

现在，山里的生活条件已经好得多了。夏天的山林，带给人静谧的心情，山野之间也不会像城市中那般燥热。

程林继承父业，上了林校，学的是植物学，后来进行两栖爬行动物调查研究。

工作的内容，常常要翻山越岭，做动植物调查，或者做物候观测。有时候清晨出门上山，到傍晚下山，一整天都在山中行走。程林统计过，他一年当中在野外爬山的天数达到90～120天。

程林先后做过五千多份植物标本的采集和制作。武夷山是一座生物宝库，生物多样性非常丰富，已经有记录的生物物种达五千多种。在武夷山国家公园江西片区，有名有姓的植物种类多达两千八百五十九种，约相当于中国种子植物总数的十分之一，其中观花植物共有六百多种。在这里，被全球公认的"鸟中大熊猫"黄腹角雉；"鹿科动物中最神秘的物种"黑麂（jǐ）；植物界的活化石，在江西片区内连片分布，面积为全球最大的南方铁杉原始林——这三个物种被称为"三宝"。

程林带我们爬山，去看南方铁杉。巍巍武夷，从海拔三百米到两千一百多米，从山脚的常绿阔叶林和竹林带、针阔叶混交林带，到以黄山松和铁杉等为主的针叶林带、中山苔藓矮曲林带，再到山顶的中山草甸，山一程水一程，一路景观变换，程林都如数家珍。大峡谷深山丛林中，不时闪现或红或白的花丛，程林指着远处的花丛告诉我们，那是猴头杜鹃。

猴头杜鹃所在的地方海拔较高，花期较晚，此时正是枝繁花盛的妖娆时候。你看那些老桩，树龄都是几百年了；而这山上，光是杜鹃的品种就有十几种。一车的人听了，都忍不住发出惊叹之声。

二

过了九月，山上的巡护任务一下子重起来。武夷山国家公园桐木关检查保护站的站长李红，每年这个时候心都绷得紧紧的。

前些天，几个驴友[1]上山，在叶家厂站附近休憩过夜，准备第二天起个大早徒步上黄岗山。得知消息后，李红就去守着他们，连夜做思想工作，试图将驴友劝返。一来，武夷山国家公园的很大部分都属于自然保护区，尤其是核心区，原则上不允许外人进入，只有出于科研和生态保护等工作的需要，才能上山。二来，这些地方还处于未开发的原始状态，上山的道路复杂，驴友的人身安全也是最为重要的。

有的驴友听了劝说，就下山返回了。也有少数驴友

1　驴友：泛指爱好旅游、经常一起结伴出游的人，常用作对自助旅行爱好者的称呼。

明里是返回了，暗里偷偷躲进山林，跟巡护人员捉起了迷藏，或准备抄隐蔽小径上山。巡护人员只好整夜守着他们，跟着他们。李红开玩笑说，保护区里的一切生物都应该保护，"不仅要保护动物、植物的生命和它们的生存环境不受干扰，也要保护好进入这些地方的人类"。因为在这里，万物有灵，万物平等，这是一个和谐共生的家园。

秋天的巡护任务里，还有非常重要的一条，就是防火。

天干物燥，防火任务重啊。武夷山自然保护区辖区内，连续42年无森林火灾火警发生，维护了武夷山这一全球重要生态区域的安全与稳定。这样的成绩背后，是点点滴滴的辛勤工作。以前巡护人员"巡山靠腿、发现靠人"，现在有了无人机、视频监控等现代化装备，改变了以往的巡护方式，通过天（卫星）、空（无人机）、地、人立体巡护，实现森林资源巡护全覆盖。

在山野之中，巡护员手持终端，可以实现巡护路线指引、轨迹显示、定位打卡、拍照上传、语音上报等功能，很好地提高了资源管护效率。

李红1990年退役后，就到保护区工作，算下来也有三十多个年头了。后来到桐木关站工作。站里三个人，全天二十四小时轮流值班。20世纪90年代吧，那时候大家生态保护的意识还不够，不法分子受利益驱动上山偷盗偷猎的也不少。挖兰花的，采中草药的，偷捕棘胸蛙或猎鸟的，或者盗伐柳杉的，都有。那时候任务也重，经过桐木关站的每一辆车，都要细致检查过才能放行。

后来就好多啦，大家都知道，大自然是应该保护的。

大自然哪里只是人类的大自然？它也是鸟儿、小麂、青蛙、蛇、黑熊的家园，是杜鹃、铁杉、猕猴桃、野花野草的家园。

说到黑熊，李红兴奋起来，他指着桐木关站不远处的山崖说，那里有几个蜂桶。黑熊可厉害了，能闻到蜂蜜的味道，它们最爱吃蜂蜜。有好几次，就看见黑熊来偷蜂蜜吃。他出了门去，黑熊远远见了人，直立起身，抱起蜂桶转身就跑。你别看黑熊又胖又壮，很笨重，其实呢，它跑起来可快了，在山上也如履平地。黑熊把蜂桶抱到一个安全隐蔽的地方，一掌把木桶拍碎，掏里面的蜂蜜吃。

到了深秋，野生猕猴桃也很多。成熟的果实散发出芬芳甜美的香气，猴子也会闻香而来。武夷山里的猴子很多，成群结队的，一群猴子出来活动，总有"哨兵"站岗，在远远的一棵树上瞭望。一有什么情况出现，"哨兵"就拼命摇树，给其他猴子传递信号。

深秋，晨曦微明之时，在山中静悄悄地行走，说不定可以见到毛冠鹿。黄麂、黑麂、毛冠鹿这些动物，都非常灵敏，极其警觉，一点点的风吹草动，它们就能感受到，一眨眼就消失了。

到了晚上，黑麂、毛冠鹿，都会发出沙哑的叫声，啊啊——啊——啊啊。不知道的人，听了不免要吓一跳的。其实动物都有各自的叫声，秋天的深夜，听到猫头鹰的叫声，也有点瘆人。

晚边[1]的时候，运气好的话，可以遇到一群"林中白仙"也就是白鹇（xián）——四五只或七八只，在林中走来走去。哇，那悠然自得、闲庭信步的样子，真是叫人羡慕。黄腹角雉偶尔也可以见到。野猪呢，倒是非常常见。最常见的莫过于中华野兔，我们吃过晚饭出来散步，经常看到野兔一蹦一跳地穿过山间。

三

冬。桐木关附近下雪，天地一白。

跟北方比起来，南方下雪要晚得多。武夷山海拔高，冬天的雪虽晚但到，不会缺席。看着漫山遍野雪花飞舞，积雪越来越厚，张彩霞总是莫名兴奋，眼前的飞雪场景让她不由自主回到北国故乡的往日记忆里。

彩霞是北方人，老家在山西吕梁，大学是在东北林业大学学的野生动植物保护与利用专业。2004年毕业后，她来到江西武夷山国家级自然保护区工作。

1　晚边：福建一带的方言，指傍晚、黄昏。

初到武夷山，还是四月。来此地一看，南方山水真的太迷人了。漫山花开，流水潺潺。那时候，叶家厂这样的基层保护站，还没有真正的大学生来工作。地方偏僻，生活单调，工作也辛苦，年轻人都不愿意到山里去过这样清修一般的日子。彩霞居然留下来了，这让保护区管理局的领导既意外又惊喜。

但是，山里实在太寂寞了。

寂寞的时候，彩霞就去看山看水，看花看草，看动物在山野的世界悠然自得。毕竟是专业学这个，彩霞对于山里的动物还是很有亲近感。武夷山"三宝"之一的黄腹角雉，又叫角鸡、寿鸡，主要栖息在海拔八百米到一千四百米的常绿阔叶林和针叶阔叶混交林中。它是我国特有的濒危雉类，国家一级重点野生保护动物。科研人员安装在林中的红外相机，捕捉到黄腹角雉的行踪。成熟的黄腹角雉雄鸟，很独特的，在头部两侧长有两根蓝色的肉角，喉部会长出一片蓝、橘、紫三色条纹纵横交错的肉裙，就像是一块花围脖挂在胸前。当它向雌鸟求爱的时候，就上下甩动这条彩色的花围脖，骄傲得不行。

烟腹毛脚燕，每次到黄岗山顶都可以看到。成群结队的烟腹毛脚燕在草甸上空飞来飞去。它们有着非常出色的飞行技巧，在空中捕食昆虫的时候，可以飞着翻滚、转弯，甚至可以停留在半空中，简直是燕子中的"战斗机"，精湛的飞行技艺让人赞叹不已。

有一次，彩霞发现一只受伤的白鹇，她就把它带回了宿舍，精心护理，照顾了几个月。

春去秋来，如今彩霞已经是江西武夷山国家级自然保护区管理局宣教中心的负责人。尽管如此，她还是常常往山里跑。

往山里跑，还是去做些野外调查、课题研究。几年前，彩霞和同事一起在辖区做蝴蝶调查，一直追踪了好几年。蝴蝶也很有意思，明明知道有，明明有证据，但是一直遇不到。她说的是金斑喙凤蝶。金斑喙凤蝶被誉为"蝶之骄子"，珍贵又稀少，是我国国家一级保护动物中唯一的蝶类。就这么一种珍贵的蝴蝶，成虫存活时间短，很少下到地面活动，一直没有遇到过活体。有一次，队员在山林巡护时，意外发现金斑喙凤蝶的残骸，这说明附近区域肯定有蝴蝶。然而你说奇怪不奇怪，就是一直没有遇到过。也许，搞野生动物调查研究，还是需要有一点运气的加持吧。

彩霞喜欢冬天。下雪的时候她就特别开心。她喜欢在雪后去山林中寻找动物的脚印，这是巡护和考察的好时机。白鹇和黄腹角雉的脚印不一样，红嘴蓝鹊、栗腹矶鸫的脚印也不一样。野猪的脚印特别多，说明现在野猪繁殖比较快。

有一次雪后，保护站职工在山里种的蔬菜一晚上全被野猪吃光了，你说气人不气人。有一次，她们在雪地里还发现了黑熊的脚印，很兴奋，就一路沿着脚印去跟踪寻找。咦，这个脚印还很新鲜嘛，应该时间不久。一抬头，发现二三十米开外的地方，一头黑熊正瞪着她们。顿时，两个人吓得半天不敢动弹。

四

气温一天天地升高，万物萌发。程林的山中四季一次次流转，又到了一个欣欣向荣的季节。他在这大山里出生，在这大山里长大，现在他也像季节一样回到人生出发的地方。后来，他在叶家厂保护管理站任副站长，也先后在好几个基层站点工作过，现在担任江西武夷山国家级自然保护区管理局科研管理科科长。

早春，武夷山的十几种报春花陆续开放。然后是百合花。仅武夷山江西片区，就有四十九种不同种类的百合花。从海拔四百米到海拔两千米，不同种类的百合花在不同的时节次第开放。

这是程林喜欢的季节，山野之间各种野花野草都醒过来，绽放出花朵，释放出芬芳。他最喜欢去的地方，还是古老的南方铁杉林。武夷山上有个地方叫猪母坑，海拔一千八百五十米，这里拥有面积最大的南方铁杉种群。南方铁杉是中国特有第三纪孑遗种，分布于华东、华南和西南地区。平均树龄三百年的南方铁杉原始林，极为罕见。其中一棵南方铁杉王，树干高耸入云，枝条四面伸展开来，如同一座"千手观音"。

四月春天，南方铁杉也会开花。或许是因为这个树种太古老了，生长也极为缓慢，所以形成了一套自己的生存哲学。它们在春天开着低调的花朵，如果不是从事科研的人，通常都不会关注到南方铁杉的花朵。它们的

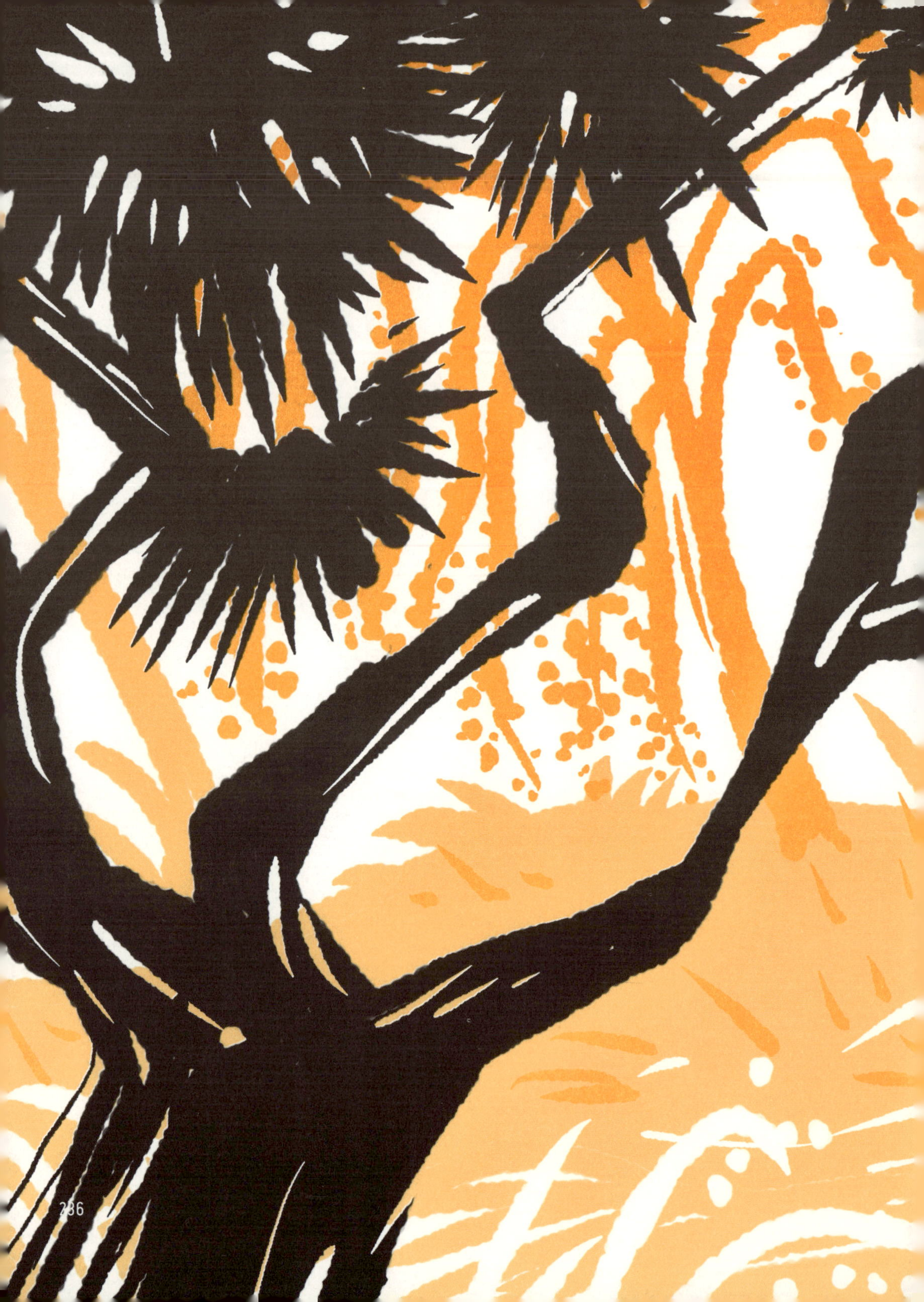

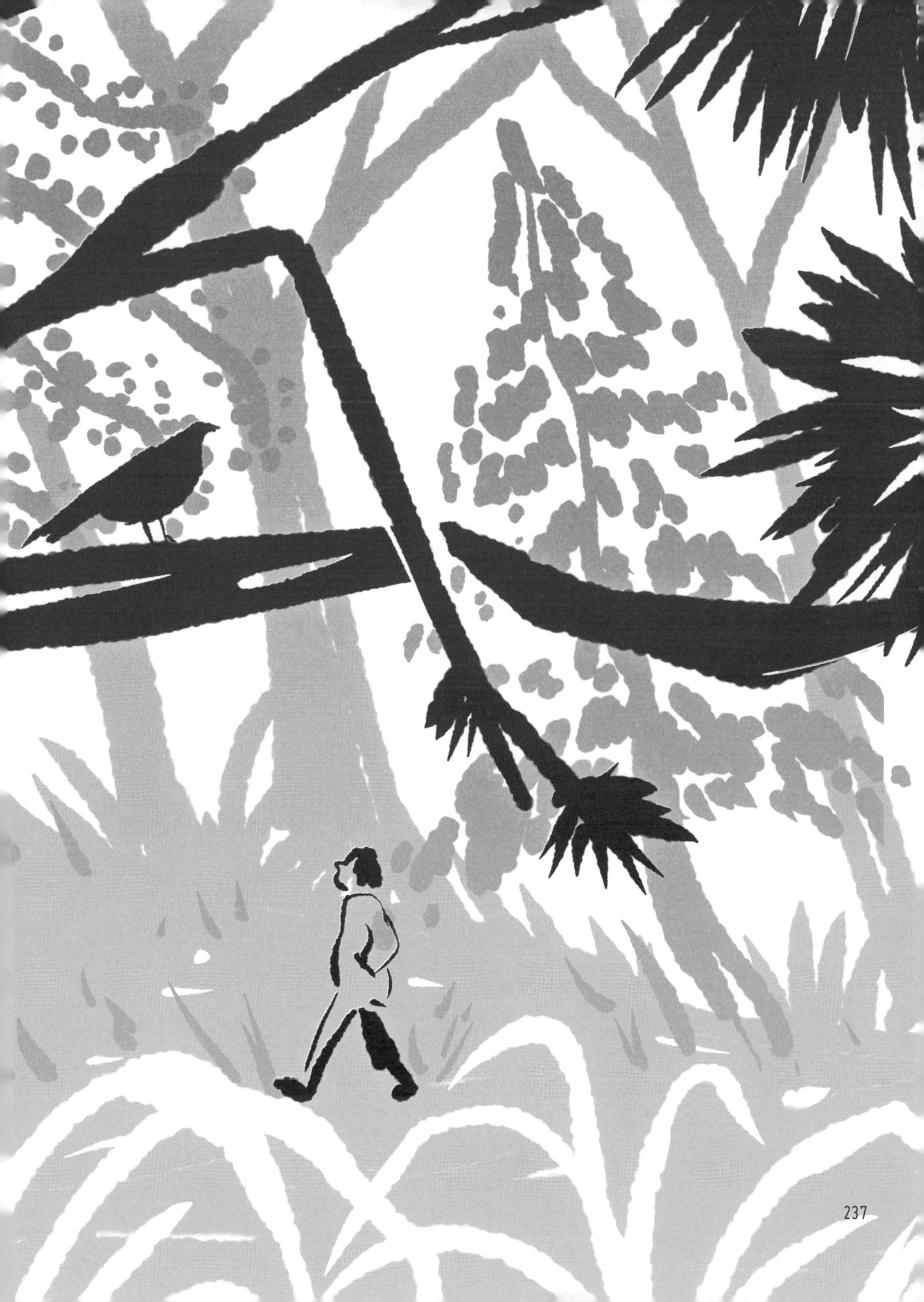

花粉没有气囊，因此种子散布不远，只是在这一片地方繁衍生息。每一棵古老的南方铁杉，都在用沉默的力量抵抗时间的流逝。

后来，程林也进行两栖动物调查。春暖之后，青蛙和蛇都活跃起来。在江西武夷山，青蛙有三十三种，其中最多的几种，黄岗臭蛙、福建大头蛙、华南湍蛙、武夷湍蛙，它们不约而同地在山间发出自己的鸣唱声。程林会在夜晚入山，带着手电、温度计、水体酸碱度测量器具等装备，前往山溪瀑潭等处寻找青蛙。

之前，曾有科学家来武夷山专门研究青蛙的叫声——如果深入研究青蛙的叫声，可能会颠覆人们对于青蛙这个物种的认知。总之，青蛙并不是只会单一地"呱呱呱"叫个不停。它们在驱赶入侵自己领地的敌人时会叫，在向"意中之蛙"求爱时会叫，在受到伤害发出求救信号时也会叫。这些青蛙，正是通过声音的不同频率，来表达不同的意思。

两栖动物，是生态环境质量、环境变化的重要指标性物种。气温、水温和水质,这些因素的变化,两栖动物都会非常敏感。

研究两栖动物,经常会碰到各种毒蛇。"我们在研究蛙,溪边丛林里的毒蛇也在盯着我们。"程林已经不记得多少次在夜晚遇到竹叶青、五步蛇这些毒蛇了,有时候正专心致志地观察青蛙,哪里知道惊动了附近的毒蛇,这情景让人不寒而栗。

不过,这也让人懂得敬畏每一种动物吧。

春末夏初是很多动物繁殖的季节,这个季节动物的叫声也非常密集。桐木关检查保护站的李红,晨昏之间能听到各种各样的鸟叫。冠纹柳莺、红嘴相思鸟、灰喉山椒鸟、领雀嘴鹎、白头鹎、黑颈凤鹛……如果安静下来,能听到几百上千只鸟在此起彼伏地鸣叫。偶尔还能看到在大峡谷的上空,有苍鹰在盘旋翱翔,有时发出一两声长长的尖叫划破长空。到了晚上,小麂和毛冠鹿,依然会发出"啊——啊啊——"的叫声。这叫声熟悉极了,也不觉得有什么凄清,倒像是老朋友一般。有了动物的陪伴，夜晚也就显得不那么孤单了。

彩霞在晚春时节进山，主要还是想去看看"最神秘的鹿科动物"黑麂，或者再碰碰运气，找一找梦想中的金斑喙凤蝶。哪有那么容易遇上呢？好在有了高科技装备——红外相机装备。在林中，可以发现和记录黑麂的行踪。还有一次，彩霞在路上走着，远远地发现山坡上的茶园里站了一只小麂。那碧绿的山野，清新的空气，云雾缭绕在山间，一只小麂优雅地站在茶树间。眼前的一切，就像是世外桃源一般美好。一眨眼，小麂就轻盈地跑走了，消失在不远处的山林中。

声音魔术师

魏老师每次出门，总爱东瞧瞧西瞅瞅，看到一样东西，脑子里总迅速反应它能干啥。时间一长，她就带回好多别人瞧不上眼的破玩具、木棍子、废旧金属片、烂草帽……这些东西一到她手上就成了宝贝，可以化腐朽为神奇。

比如用手在塑料袋上轻轻一揉搓，可以捏出在油锅中煎鱼的声音；几片羽毛和一块绸布就制造出大火燃烧的声音；时轻时重地摇晃薄铁板，听来就像隆隆作响的雷声；用竹枝敲打铁管，是两个武林高手在论剑决斗。

魏老师的工作室，是在北京郊外的一处村庄，皮村。大货车轰隆隆地开过，马路上尘土飞扬。魏老师走到路边来接我。

"这边就是个大工地。我把工作室放在这里，成本低呀。"

魏老师，魏俊华，是一名电影拟音师。

拟音师是什么职业？影视剧在拍摄时，不能把同期声[1]完全收录进去；或者因剧情需要，需要再创造出某些声音，在后期制作的过程中进行创作、还原。如果说一些简单的动作还可以依靠重现场景还原声音，在更复杂的画面背后，便需要神奇的拟音师。

目前国内从事拟音师职业的，全部加起来也不到五十人。魏老师堪称其中的"国家级人物"——获无数大奖不必说，诸多国内外著名导演都把她当作"宝贝"。她从事拟音工作三十多年，当得起"泰斗"的美誉。

1　同期声：影视录音的一种工艺。指在摄影时，同时用录音机把现场的全部声音记录下来的录音方法。同期录音记录的是现场的真实声音，它比后期的配音要自然、逼真。

一

推开一扇门，里面是一屋子的"破烂"。

自行车、陶瓷脸盆、桌椅、篮球、刀剑……甚至还有如今已不多见的"古董"电话和瓷盆，那些不起眼的道具，就是魏老师的秘密武器。

这是魏老师的录音棚。别看满屋子的破烂、废物，到了魏老师手里，可件件都是宝贝。

那是什么？一把已经破败得无法再坐的旧竹椅，上面缠满了碎布条。

"这把椅子，一屁股坐下去就得散架吧？嘿，你别说，到我手里还真就是宝贝了！"魏老师说，只要稍稍变化一下手法，这把椅子出来的声音就不一样。

"你听，这是木船行驶在水上，摇橹发出的声音。"

"这是扁担的声音。"

"这是抬轿子的声音。"

随便拿起一段锈铁、一块布、一片瓦、两块木头，魏老师都可以模拟出种种不同的声音。最神奇的是，她拿起一块皮子，搁在膝盖上，两手扯动皮子同时配合两脚踏动，就模拟出了一整个队伍行军的雄壮气势。稍稍变化，又变成了三个人齐步走；再变化节奏，就好像几个人突然遇到情况，脚步纷乱，各自奔跑散开，直到脚步声消失在草丛深处。

真是令人大为惊叹。

再看看这一屋子的道具，简直难以想象它们的用途。比如说有一件道具，拿在魏老师手中，便发出"哒哒"的马蹄声，还可以根据画面模拟出单匹马漫步和群马奔腾的效果；再配上清脆的铃铛声，你一闭上眼睛，就仿佛听见一支马队由远及近地向我们走来。

魏老师说，即便是走进菜市场，她拿起菜摊上的一棵大白菜、两根茄子，都可以模拟出各种各样的声音来。比如说模拟激烈打斗的场面——蔬菜"咔嚓"折断的声音，可以用来表现人物筋骨断裂的声音；湿抹布发出的声音，则像是利器刺入肉体发出的闷响。

正是在这个录音棚里，魏老师和她的90后徒弟们，为一部部影视剧进行拟音。

在电影《天下无贼》中，"贼公"与"黎叔"剥鸡蛋斗法的片段，特别值得一说。电影中的角色斗智斗勇，画面外的徒弟梁超南，则用手快速拨动鹅毛扇，同时配以剥果壳的声音；徒弟严瑞红则手拿玻璃杯，发出"叮叮"的声音。随着画面上剥鸡蛋的速度不断加快，两人也加快速度，默契地配合着，一气呵成。

这一场景，徒弟俩分别在几档节目中给大家做过演示。

像《舌尖上的中国》那样的纪录片，很多画面让人垂涎三尺，忍不住要食指大动。然而即便是这样的纪录片，在拍摄时，有的声音现场可以收录，还有的声音也要通过拟音师来实现。比如，在大火烹制食物时，热气腾腾的美食伴着沸腾的汤汁，发出"咕噜咕噜"的声音，这便是拟音师用放在碗中的湿布模拟出来的。

魏老师和她的徒弟们，工作看起来默默无闻，但对于绝大多数观众而言，那些声音就在身边。很多观众熟

中国故事 | 专注的劳动者都是发光体

悉的电视剧、电影、纪录片，甚至是游戏，都有魏老师团队的参与。正是因为有了逼真、细腻的声音，这些作品的场景才愈加动人心弦。

二

我很好奇，魏老师是如何走上拟音师这条道路的？

魏老师的童年是酸涩的。母亲生她弟弟的时候因难产去世。那年，母亲二十七岁，她才三岁多。二十八岁的父亲，此后既当爹又当妈，把三个孩子培养成人。她说自己缺失了母爱，却得到了伟大的父爱。

父亲多才多艺，给她以音乐启蒙，一把琴，在父亲手里能弹奏出美妙的音乐。她迷上了音乐，后来学会了吹口琴、拉二胡、弹钢琴，还是学校的广播员和鼓号队队员。她酷爱体育，是北京电影学院女子橄榄球队队员，还喜欢打篮球……这些爱好，在无形中滋润着她敏锐的双耳，使她对音乐、声音、动作，特别敏感。比如，她会对着炉子上鸣叫的水壶出神，会为炒菜时勺铲锅盆碰击的声音所陶醉。

对声音最重要的体验，都是从生活中获得的。魏老师说，正是小时候艰难的生活，使她对声音有更深的理解。如果没有那样的生活基础，这是很难的。

童年时有一个黄昏，她去附近的水井打水，结果一不小心落入井中。幸好当时路过邻居门口，与隔壁的老奶奶聊过两句，老奶奶见她半天不回，走到井边去看，这才发现她已落入井中。人们蜂拥而至，把她从井中救了上来。

而她深处井中之时，井中"嗡嗡嗡"的回声，至今让她无法忘记。那声音的层次、内涵，足以让她铭记一生。

后来她如愿考入北京电影学院录音专业。那一届十四名毕业生面向全国分配，她以优异成绩被分配到北京电影制片厂。分配实习的时候，需要到各个环节去实习，其中实习到拟音棚的时候，她感到太神奇了——用特别简单的道具创作出那么奇妙的声音，让她大感意外。

当实习到第三个月时，北京电影学院的郑洞天老师来了。他了解自己的学生，说你的性格、创造思维和激情，都比较适合做拟音，这里有你一辈子想不完的问题。

老师的话，坚定了她的信念。真巧，郑洞天刚拍了电影《火娃》，戏里小火娃拉着一匹大马上山。她当时已经有感觉了，就说能跟着一块儿做吗？师傅说马蹄声你可做不了。她说让我试试吧。刚毕业，她就这么冲。

一个未来的"声音魔术师"就这样冲进了声音魔术的世界里。毕竟在当时，做一个可以操控全盘的录音师的诱惑，要比小众的拟音师大得多。"你别犯傻，拟音这个活儿又苦又累，既是脑力劳动又是体力劳动，还要创作。"同学苦口婆心地劝她。

最终，受不了内心兴趣的驱动，魏老师还是选择留了下来。

魏老师没想到，从此以后，拟音师一做就是几十年。

在北京电影制片厂，魏老师在老一代电影艺术家身边工作，他们对声音特别重视，要求很高。而且，那时拟音师也是要体验生活的。

让魏老师难忘的经历有很多,比如凌子风拍《边城》,那部电影有很多东西,是需要去感觉的。她跟着"翠翠"等演员一起去体验生活。导演与她们沟通得非常多。魏老师在渡船上,拉竹编的缆绳,亲身体验以后,整体的声音构思就有了。她跟凌导交流,说这部片子不需要很噪的声音,要有很高的意境,爷爷每拉一下缆绳,他感觉自己老了。翠翠要找一个好的人家……最后缆绳被冲断。老爷爷躺在床上病了,房子也被冲垮了,翠翠坐在那儿,还有那条狗,前面声音的铺垫一定是到位的。

凌导听完,说:"魏老师呀,你的这个思路,确实是我想要的。你在表现这个声音的'度'的时候,应该给我一个交代。"

魏老师已经琢磨和试验很久了。她拿起老乡家的一件日常用具,说:"您闭上眼睛,听这个缆绳的声音。"她要的感觉是:用手一拧,发出"吱吱"的响声,有一种长而远的感觉,表现出爷爷心情的沉重。其实,生活中船夫拉缆绳,基本是没有什么声音的。下面大河流水,能听到拉缆绳的声音吗?更没有她创作出的这种声音。但此时,必须用这声音来刻画、表现人物的内心世界。

那一声声缆绳的声音,那么悠长,那么沉重……这就是源于真实生活的拟音创作。

凌导闭上眼睛,听完了一拍巴掌,非常高兴地说:"太好了,我要的就是这个声音!"

是的,拟音也是一门艺术,这艺术来源于生活,也高于生活。魏老师创造出来的声音,很多比生活中的真实的声音更为抓人。

仅仅是马蹄声,魏老师手中产生的马蹄声也是无人能比。光是马蹄的拟音,学问就不浅,马的数量、速度、力量、场景,要用不同的道具,不同的节奏。没有积厚的功力,怎能深谙其中的道道?

三

魏老师是获奖专业户,为几百部电影、电视剧做音效,金鸡奖、百花奖等各种奖项,拿了一个遍。

魏老师说，如果说人物配音是影片的"三魂"，更关键的另一种声音——动作音效，就是"七魄"。影片动效听起来是平淡无味还是震撼人心，拟音师至关重要。

理想的声音效果可以刻画人物性格，可以加强情绪渲染，创造出生动的声音形象。魏老师至今还记得为电视剧《三国演义》拟音时的种种场景。"草船借箭"那一场，声音很难做。她灵机一动，忽然用棍子在废磁带条上敲打，模拟箭射进干草里的声音。导演听后立马惊呆。后来很多资深影迷说："那射箭的配音简直绝了。"

魏老师每次出门，总爱东瞧瞧西瞅瞅，看到一样东西，脑子里总迅速反应它能干啥。时间一长，她就带回好多别人瞧不上眼的破玩具、木棍子、废旧金属片、烂草帽……这些东西一到她手上就成了宝贝，可以化腐朽为神奇。

比如用手在塑料袋上轻轻一揉搓，可以捏出在油锅中煎鱼的声音；几片羽毛和一块绸布就制造出大火燃烧的声音；时轻时重地摇晃薄铁板，听来就像隆隆作响的雷声；用竹枝敲打铁管，是两个武林高手在论剑决斗。

拟音师要从生活中找寻灵感，不断创新。类似用匾滚黄豆的声音来拟下雨，用手撕青菜的声音来拟大声的咀嚼，也是很有创意的一个活儿。

魏老师的绝技，不计其数。有一部影片，讲述一个窑烧出一只巨大的香炉，拉到山顶寺庙供奉的故事。她做好拟音，请导演验收。

看到一半，导演突然说："停，停，停，我要看看魏老师是怎么做出来的，怎么比真的声音还像？"

冲进录音棚，只见魏老师眼睛盯着屏幕，两手放在洗脸盆里，一手移动脸盆，一手摩擦脸盆，不时变化频率，巨大的香炉搬运声就这么活灵活现地有了，导演看得目瞪口呆。

拟音是一个再创作的过程，因为生活中有些声音人耳是听不见、听不清的，你要把它表现出来，让观众听得见、听得清，听出美感和震撼。所以，灵感、发现道具、创作道具，是拟音师的三大绝活。

拟音师这个职业，以前并没有多少理论可讲。在制片厂，就是师傅带徒弟。你要想当师傅，必须有独特的创造能力。如何上升到理论？没人研究过。魏俊华既有录音基础，也有积累已久的拟音经验，所以她在这方面进行了探索。后来，她出版了《影视拟音技巧》，这是中国拟音领域的第一部理论专著，且作为大学教材使用。之后，她回母校北京电影学院做高级讲座，给导师、博士生、研究生讲授拟音课程。

如今，魏老师已经不再进棚进行拟音的具体工作，而是将重心转移到了人才培养、指导上。很多人慕名而来，想要跟魏老师学习拟音。但魏老师对徒弟的挑选很慎重，这是一个很辛苦的行业，往往在棚里一待就是一天，有很多人怀着梦想前来，最后耐不住辛苦离开。三十多年来，魏老师带出四五十个徒弟，成为中国影视行业不可或缺的力量，为众多影视作品创造着声音的"魔术"。